Las vidas de Eva

Nuria Amat

Carmen Amoraga

Lucía Etxebarria

Espido Freire

Maria de la Pau Janer

Rosa Regàs

Carme Riera

Marta Rivera de la Cruz

Zoé Valdés

Ángela Vallvey

Las vidas de Eva

Prólogo de Santiago Dexeus

Ediciones Destino
Colección
Áncora y Delfín
Volumen 1097

Las autoras y Ediciones Destino donarán una parte
de los ingresos de esta obra a la Fundación Dexeus,
que la dedicará a un proyecto de prevención del
cáncer de cuello uterino en Latinoamérica.

© Nuria Amat, Carmen Amoraga, Lucía Etxebarria,
Espido Freire, Maria de la Pau Janer, Rosa Regàs,
Carme Riera, Marta Rivera de la Cruz, Zoé Valdés,
Ángela Vallvey Arévalo, 2007
© Ediciones Destino, S. A., 2007
Diagonal, 662-664. 08034 Barcelona
www.edestino.es
© del prólogo, Santiago Dexeus
Primera edición: septiembre 2007
ISBN: 978-84-233-3965-5
Depósito legal: B. 38.300-2007
Impreso por Hurope, S.L.
Impreso en España - Printed in Spain

PRÓLOGO
de Santiago Dexeus

Algunos lectores pensarán que el hecho de haber aceptado prologar este libro constituye un estimulante reto. Otros, posiblemente la mayoría, me juzgarán como un insensato por mi atrevimiento a encabezar un texto de tan prestigiosas escritoras.

Si he aceptado es porque cuento con la benevolencia de unas y de otros y porque, además, siendo el presidente de la fundación que lleva el nombre de mi padre, de una u otra forma debía agradecer la desinteresada colaboración de las autoras. Quizá mi aportación sirva para cumplir con esta finalidad.

Infinidad de veces me preguntan por qué defiendo tanto a las mujeres. La respuesta siempre ha sido la misma: porque les debo algo tan importante como la formación de la mayor parte de mi personalidad. Mi ejercicio profesional, que casi alcanza ya los cincuenta años, lo he dedicado entera y apasionadamente a la mujer. Desde el momento que pisé por primera vez la Facultad de Medicina, el mundo femenino ha constituido una fuente inagotable de experiencias y enseñanzas.

Las pocas mujeres que a finales de los años cincuenta se atrevían a cursar estudios universitarios solían matricularse en Filosofía y Letras o en Farmacia. Eran las dos carreras que la sociedad bienpensante consideraba adecuadas para una «señorita». Es posible que la primera se asociara al magisterio y a la figura de la maestra rural, con todas las connotaciones costumbristas y discriminatorias profusamente explotadas por la literatura, y en cuanto a la segunda, la Farmacia o Botica se veía en cierto modo como un comercio ilustrado, que podían permitirse quienes tuvieran medios e influencia para conseguir un local o una licencia. En Medicina el porcentaje de alumnas era bajísimo, alrededor del 8-10 por ciento, y cuando alguna de mis compañeras de curso expresaba en público su condición de alumna de Medicina, generalmente el interlocutor o la interlocutora la asociaba a una futura pediatra, como si dicha especialidad fuera la más adecuada a su condición de madre, antes que tener en cuenta su vocación médica.

En los años sesenta, bajo la dictadura, se abría para los jóvenes estudiantes un amplio panorama de ideas y sentimientos que defender. La necesidad de libertad de expresión era el primer detonante que canalizaba futuros posicionamientos políticos, mucho más concienciados y estructurados. En mi caso, pronto me llamó la atención el trato que recibían mis compañeras de facultad. La mayoría de las veces eran vistas como personas extravagantes o inadaptadas, y muy pocos consideraban la posibilidad de que concluyeran sus estudios.

Los propios profesores las miraban con recelo y adoptaban dos actitudes extremas, el trato displicente o el compasivo, considerando la mayoría de las veces que por alguna extraña razón se veían obligadas a estudiar Medicina. Si físicamente eran atractivas, también debían defenderse del asedio de quienes las despreciaban como estudiantes y valoraban simplemente su condición de mujer-objeto.

La realidad fue muy distinta. Las estudiantes universitarias de aquellos difíciles años demostraron sobradamente su capacidad intelectual a la vez que, en un alto porcentaje, se comprometieron en la lucha política, con valentía y eficacia.

Los estudiantes que nos manifestábamos durante la dictadura corríamos un riesgo mucho menor que los obreros. Éstos, en caso de ser apresados, sufrían penas mucho más rigurosas que las que se infligía a los estudiantes, a quienes se consideraba como retoños descarriados de una burguesía generalmente favorecida por el régimen franquista. Para las mujeres de toda clase y condición, a cualquier tipo de lucha política se sumaba la necesidad de revindicar además la abolición de todas las trabas culturales, sociales e incluso políticas que mantenían y fomentaban su condición de ciudadanas de segundo orden. El trato que recibían por parte de las fuerzas represoras de la dictadura no sólo era violento, sino incluso vejatorio, dada su condición femenina.

En 1959, recién licenciado en Medicina, ingresé en la Maternidad Provincial de Barcelona para cursar mi especialidad. Aquella institución había sido creada para acoger a las mujeres *descarriadas* que, siendo solteras, habían quedado embarazadas y necesitaban ocultar su estado ante una sociedad de doble moral. Tamaño *pecado* era castigado por la moral del nacionalcatolicismo, de forma sutil y rentable para el funcionamiento del hospital.

Si se trataba de primerizas, podían ingresar a partir de las 24 semanas de gestación, pero si eran reincidentes, se las consideraba como unas irrecuperables prostitutas y tan sólo podían acogerse a los cuidados hospitalarios si presentaban alguna complicación durante la gestación o en el curso del parto. La trampa era fácil y, con gran desespero por parte de la comunidad religiosa, los residentes contribuíamos a un «piadoso fraude», ya que para nosotros cualquier gestante que solicitara el ingreso era primeriza.

La Maternidad disponía de un pabellón, llamado Azul, de horrible y fría construcción, propia de la arquitectura fascistoide de la posguerra civil, cuyo interior, sin embargo, estaba bien acondicionado: habitaciones luminosas de una o dos camas, decentemente amuebladas, calefacción, salas de parto y quirófanos adecuados. En él se atendía a las mujeres casadas. Las solteras residían en el Pabellón Rosa, un edificio posmodernista que se mantenía en pésimas condiciones. Las internadas vivían allí en un régimen poco menos que carcelario: incomunicadas, sometidas a la obligatoriedad de las prácticas religiosas, mal nutridas, etc.

Los partos de las solteras solían transcurrir con menor atención médica que los asistidos en el Pabellón Azul, el de las casadas. Tras un largo parto, generalmente exhaustivo, desde luego sin anestesia, sin respiro para poder reflexionar, la recién parida debía decidir sobre si reconocía o no a su hijo. Todas sabían que existían muy pocas posibilidades de que pudieran educarlo, ni tan siquiera mantenerlo, pero sometidas durante los meses de internado a la presión psicológica que atendía a un único lema —«reconoce tu pecado y redímete con tu trabajo penitente»—, casi todas firmaban el reconocimiento del hijo.

El trabajo consistía en realizar las labores de limpieza, cocina, etc., todos los días de la semana, todas las semanas del mes, gozando de algún que otro permiso concedido de forma arbitraria. A cambio, se les proporcionaba alojamiento y una espantosa alimentación para ella y su hijo. Las que permanecían en la institución se convertían en auténticas esclavas, sin posibilidad alguna de reintegrarse a la vida civil. La mayoría desertaban aprovechando cualquiera de los permisos «por buena conducta». Recuperar el hijo, tras haber huido de la institución, no era nada fácil, siendo la consecuencia final un número creciente de niños abandonados que no podían ser adoptados, puesto que habían sido reconocidos y existía el riesgo, para los posibles padres adoptivos, de que la madre biológica reclamara al hijo.

La represión y el oscurantismo se cebaban en las mujeres y si, además, estaban estigmatizadas por su condición de madres solteras, el rechazo social era absoluto.

En mi primer año en la Maternidad, estando de guardia me llamaron para formalizar el ingreso de una primeriza.

Se trataba de una estudiante de letras que acudió acompañada de sus padres, proveniente del norte de España. La joven deseaba proteger su anonimato, algo que el progenitor reclamaba con insistencia. Les propuse un apellido catalán de los más comunes, a lo que el incómodo padre asintió, no sin antes dirigirme una sarcástica puntualización: «¡Con lo poco que me gusta todo lo que huele a catalán! Pero no importa, puesto que nunca veré a este hijo de...». Conseguí dominar mi indignación y le contesté, lo más educadamente posible: «Como médico catalán le garantizo que su hija va a recibir la mejor atención médica posible para proporcionarles seguridad a ambos». El desagradable padre dio por terminada la entrevista y, sin despedirse de la hija, conminó con un imperativo «hala, mujer» a que su esposa abandonara la estancia, orden que fue cumplida sin rechistar, atreviéndose ésta a esbozar un imperceptible beso, prácticamente al aire, dirigido a la hija a quien iba a ver por última vez.

Muchos años después tuve ocasión de tratar a XX de un proceso ginecológico grave, lo cual motivó una serie de consultas, cirugía, etc. Una vez superado el proceso, XX sintió la necesidad de volver a su pasado y el resumen de aquella espontánea catarsis es el siguiente: XX no volvió a la casa paterna, no reconoció al hijo, abandonó los estudios y, tras diversos y variopintos trabajos, entre ellos el de animadora de una conocida sala de fiestas barcelonesa, encontró a un *buen protector* que la convirtió en su amante y del que heredó una pequeña fortuna. Con ella inició su próspero negocio actual. Confesó que el hecho de haber tenido que abandonar aquel hijo fue la experiencia más traumática de su vida, que la había marcado para siempre, y atribuía la frialdad y agudeza que fueron los detonantes de su éxito empresarial a la amargura que nunca la abandonó.

Esta historia es un ejemplo, entre tantos, de la opresión y discriminación que la mujer española vivió en época relativamente reciente y que podría ilustrar con múltiples ejemplos extraídos de mi práctica ginecológica. La lucha por la liberación de las técnicas anticonceptivas, la culturización de aspectos de la fisiología femenina, estigmatizados por el rechazo social o el intransigente machismo, la utilización de un idioma sexista aplicado despectivamente a la mujer e inconscientemente (espero que así fuera), por los propios ginecólogos y un largo etcétera con el que podría llenar las páginas de un libro y que, por lo tanto, se aparta de la finalidad de un prólogo.

El que diez escritoras de reconocido prestigio hayan querido contribuir a la edición de este libro, y que además lo hagan de forma altruista para que la Fundación Santiago Dexeus Font pueda cumplir sus objetivos, no sólo constituye un acto ciertamente inestimable sino también un reto, que acepto gustosamente, como es el de seguir luchando a favor de las mujeres en todos aquellos frentes en los que la fundación pueda ser útil.

Se conocen las terribles condiciones de vida de las mujeres que habitan las áreas más desfavorecidas de nuestro planeta, pero incluso en los países desarrollados siguen existiendo actitudes culturales que determinan conductas discriminatorias para la mujer, que dificultan su incorporación de pleno derecho en los ámbitos laboral, científico, universitario, político... Es cierto que lentamente se está produciendo un cambio en nuestras sociedades desarrolladas, pero no es difícil encontrar todavía múltiples signos que recuerdan las actitudes ancestrales de rechazo hacia las mujeres.

Hacia 1906, Rainer Maria Rilke, en *Cartas a un joven poeta*, escribía: «Quizás los sexos estén más emparentados de lo que se cree y la gran renovación del mundo consistirá en que el hombre y la mujer liberados de todos los sentimientos erróneos y de todas las desganas, no se buscarán como opuestos sino como hermanos y vecinos; y se realizarán juntos como personas, a fin de llevar conjuntamente, con seriedad y paciencia, el sexo, que es difícil y que les ha sido impuesto [...]. La muchacha y la mujer, en su nuevo y peculiar desarrollo, serán sólo pasajeramente repetidoras de los vicios y virtudes del varón e imitadoras de profesiones masculinas. Después de la inseguridad de este tránsito, se mostrará que las mujeres habrán pasado por esos numerosos y variados disfraces (a menudo ridículos) sólo para purificar su propio ser de las influencias deformantes del otro sexo. Las mujeres en las que la vida permanece y habita más directa, fértil y confiadamente, tienen que haber llegado a ser en profundidad seres más maduros, más humanos que el liviano varón, que no se siente atraído más allá de la superficie de la vida por el peso de ningún fruto corporal y que, presuntuoso y apresurado, subestima lo que cree amar».

Estas palabras, escritas hace un siglo, son proféticas y podrían constituir el prólogo de una historia inacabada, y prueba de ello es el texto del premio Nobel Gabriel García Márquez que, cien años después, nos inquieta con estas líneas: «Lo único realmente nuevo que podría intentarse para salvar la humanidad en el siglo XXI es que las mujeres asuman el manejo del mundo. No creo que un sexo sea superior o inferior al otro. Creo que son distintos, con distancias biológicas insalvables, pero la hegemonía masculina ha malbaratado una oportunidad de diez mil años [...]. La humanidad está condenada a desaparecer en el siglo XXI, por la degradación del medio ambiente. El poder masculino ha demostrado que no podrá impedirlo, por su incapacidad para sobreponerse a sus intereses. Para la mujer, en cambio, la preservación del medio ambiente es una vocación genética. Es apenas un ejemplo. Pero aunque sólo fuera por eso, la inversión de poderes es de vida o muerte».

Los textos de estos dos grandes escritores, separados por un intervalo de cien años, nos demuestran que la igualdad de sexos es todavía una cuestión por resolver... y ya llevamos un siglo, al menos, hablando de ello. A mí, como ginecólogo, me atribuyen un conocimiento de las mujeres que me ha venido proporcionado por mi profesión. Esto es cierto, pero no se necesita ser un experto para darse cuenta de que la mujer aporta una serie de valores a la sociedad que el hombre ni tan siquiera considera. Como médico puedo asegurar que donde haya un cuerpo sufriente, encontraremos una mano femenina que lo reconforta. Es quizás a través de estas indiscutibles cualidades de solidaridad y abnegación, y de identificación con la naturaleza, que el hombre comienza a darse cuenta de que es posible vivir en un mundo cuyo signo identificador no sea la agresividad.

SANTIAGO DEXEUS
Presidente de la Fundación
Santiago Dexeus Font

LUCÍA ETXEBARRIA

Tortitas con nata

Lucía Etxebarria (Valencia, 1966) se dio a conocer en 1997 con su novela *Amor, curiosidad, prozac y dudas,* que la reveló como una de nuestras narradoras más innovadoras. En 1998 ganó el Premio Nadal con *Beatriz y los cuerpos celestes* y, tras la publicación de *Nosotras que no somos como las demás* (Destino, 1999), obtuvo el Premio Primavera en 2001 con *De todo lo visible y lo invisible* y el Premio Planeta en 2004 con *Un milagro en equilibrio.* Ha escrito los ensayos *La Eva futura / La letra futura* (2000); *En brazos de la mujer fetiche* (2002) —junto a Sonia Núñez—, ambos en Destino; *Courtney y yo* (2004), una revisión de *¡Aguanta esto!* (1996), *Ya no sufro por amor* (2005) y el volumen de relatos *Una historia de amor como otra cualquiera* (2003). También ha traducido y editado la recopilación de cuentos de autores españoles y palestinos *La vida por delante* (2005). En 2001 publicó el poemario *Estación de infierno,* y en 2006 *Actos de amor y de placer,* que obtuvo el Premio Barcarola. Entre sus guiones para el cine destaca el de la película *Sobreviviré.* Actualmente dirige la colección de narrativa Astarté y colabora como articulista en diversos medios. Su obra ha sido traducida a veinte idiomas. Es doctora Honoris Causa por la Universidad de Aberdeen y recientemente ha obtenido el Premio Il Lazio de Literatura, otorgado por el Ministerio de Cultura italiano.

Aquel primer jueves me llamaron al despacho de la señora directora en plena clase de matemáticas. Entró el bedel a buscarme, cuchicheó algo al oído de la seño y luego la seño me dijo que la señora directora quería verme. Yo estaba algo nerviosa —bueno, bastante—, pero también contenta, porque no me gustan las matemáticas, y como sabía que no había hecho nada malo, tampoco creía que la dire me llamase para echarme ninguna bronca. Eso sí, no se me ocurría para qué podía querer verme, y todo el camino del pasillo lo hice detrás del bedel dándole vueltas a la misma cosa: ¿para qué querría verme a mí la dire?

A la dire la llaman La Rabo porque es muy alta y delgada y tiene un peinado muy raro, como todo cardado y puesto para arriba, que le hace la cabeza enorme, así que parece un rabo andante. Cuando se lo conté a mi madre no le hizo ninguna gracia y me hizo jurar que yo nunca la llamaría así. Pero es que todo el mundo la llama La Rabo, y resulta imposible olvidarlo. Yo es que ya ni me acuerdo de cómo se llama de verdad.

En el despacho de La Rabo estaba ella, claro, la dire, y también un señor muy alto, muy alto, muy guapo, muy guapo, con el pelo todo blanco y los ojos azules, que olía muy bien y que recordaba un poco a Papá Noel, aunque el señor no tenía barba y no iba vestido de traje rojo, sino azul y con corbata. La dire me preguntó si conocía a aquel señor, y yo no le conocía de nada, así que le dije que no. Entonces la dire dijo que el señor decía que era un amigo de mi padre, que trabajaba en su misma oficina, que decía que me conocía. Y como a mí el señor me gustaba, dije que sí, que era verdad, que me había olvidado pero que ya me acordaba, que el señor trabajaba con mi padre, que les había visto juntos alguna vez, que mi padre me había presentado, pero que se me había olvidado el nombre del señor. Alberto, me llamo Alberto, dijo él, ¿no te acuerdas? Claro, ya me acuerdo, dije, Alberto. Alberto dijo que había venido a buscarme por encargo de mi padre y dijo, no debes preocuparte, cariño, que no pasa nada, y tenía una voz tan bonita y tan suave que no me preocupé. Y además a mí nadie me llama cariño, o nunca me lo llamó antes que él, o eso me parece.

Luego continuó explicándome que mi madre se había caído en casa porque se había desmayado, o algo así, y que la habían llevado al hospital para hacerle unas pruebas, que mi padre se había marchado corriendo al hospital y que le había encargado a él (al señor de la barba) que trabajaba con él (con mi padre, digo) que fuese a buscarme al colegio para llevarme al hospital. Y el señor me volvió a decir no debes preocuparte, cariño, y me explicó que la caída no era grave, que no era nada serio, que él sólo había venido a buscarme para que mi padre se quedara más tranquilo.

Y no me preocupé.

La Rabo sonrió y el señor de la barba que parecía Papá Noel me tomó de la mano y salimos del colegio. En la puerta tenía aparcado el coche, que era rojo y enorme y de esa forma rara que tienen los coches que salen en las películas, o sea, con el morro muy largo y estrecho y alas en los lados y así. Me puse muy contenta, la verdad, no porque mi madre se hubiera caído, sino porque me había librado de la clase de matracas, que es que no puedo con ella, de verdad, y además iba a montar en aquel coche tan guay. Entonces el señor, Alberto, me dijo que antes de hacer otra cosa quería llevarme a desayunar. Yo no le dije que ya había desayunado porque tenía hambre, aunque la verdad es que yo tengo hambre casi siempre, así que Alberto me llevó a un VIPS y allí nos sentamos en una de las mesas, no en la barra, y Alberto me preguntó que qué quería tomar. Le dije que si podía pedir tortitas con nata y él me respondió, con una sonrisa, que podía pedir lo que quisiera, así que pedí tortitas con nata y un batido de fresa. Le expliqué que mi padre nunca me deja pedir tortitas, porque engordan, y luego me arrepentí de habérselo dicho, porque pensé que igual Alberto, al saberlo, tampoco me dejaría comer tortitas. Pero Alberto se rió y me dijo que no me preocupara, que yo estaba muy bien así, que ya tendría tiempo de adelgazar cuando fuese mayor, porque me parecía a mi madre, y mi madre era delgada, así que a lo mejor de mayor acababa como mi madre, que las niñas casi todas adelgazan cuando pegan el estirón. Y yo le pregunté que cómo es que sabía que mi madre era delgada, que si la conocía. Y me dijo que la conoció hace muchos años, antes de que se casara con mi padre. Entonces fue cuando me explicó que mi madre no se había caído ni nada, y que él ni era amigo de mi padre ni trabajaba con él, pero que de mi madre sí había sido amigo. Yo le pregunté que si amigo o novio y me dijo que una cosa entremedias, y pensé que debía de ser como lo mío con Javi o así. Y luego siguió explicándome que durante muchos años no había visto a mi madre, desde que se casó con mi padre, pero que sabía que mi madre había tenido una hija y que siempre había querido conocerme porque le picaba la curiosidad por saber si la hija sería tan guapa como la madre, y que por eso había ido a buscarme al colegio y se había inventado la historia de la caída y el hospital. Y le pregunté, ahora que me había visto, si creía que era la hija tan guapa como la madre, y él dijo que más, que mucho más, y a mí la respuesta me hizo tanta ilusión que noté cómo me ponía colorada, porque todo el mundo dice que mi madre es muy guapa, hasta los niños de mi clase y los tenderos del mercado, pero nadie dice nunca que yo lo sea, y además a mí aquel señor sí que me parecía guapo, guapísimo, y además olía bien. Luego me vino a la cabeza que era imposible que yo fuera más guapa que mi madre, porque mi madre está más delgada que yo, y se lo dije, aunque no dije nada de su fama de guapa, y él dijo que eso no importaba, y yo no seguí hablando, pero me habría gustado decirle que en mi casa sí que parece que importe, la verdad, con mi padre todo el santo día quejándose porque estoy gorda, diciéndome que no tengo que comer donus ni bollos ni chuches, y a mí siempre me ha parecido que mi padre tiene algo así como un enfado continuo conmigo porque yo no sea tan delgada como mi madre, como si le hubieran estafado o algo así, porque está claro que a mi padre mi madre le gusta muchísimo más que yo, de manera que las palabras de Alberto me pusieron contentísima, y entonces fue cuando le pregunté si podía pedir más tortitas con nata.

Yo había prometido no contarle nada a nadie de nuestro secreto, y al día siguiente, cuando la dire, La Rabo *in person,* me preguntó por mi madre, le dije que mi madre estaba bien, gracias, y que la caída no había tenido ninguna importancia, que los médicos habían dicho que todo iba bien. Estaba dispuesta a continuar contando trolas y a inventarme algo de alguna radiografía o así, pero la directora no me preguntó nada más, así que no seguí, y te digo que casi, casi que lo sentí, de verdad, porque es que estaba inspirada, la verdad, y me hubiese podido salir una historia de lo más guay.

Alberto había quedado en venir a recogerme el siguiente jueves a la hora de comer y yo estuve nerviosísima, la verdad, durante toda la semana, y mucho más aún, está claro, la mañana del jueves, que me la pasé entera mirando por la ventana y ni atendí a las clases ni nada.

A la hora de comer no seguí a la fila del comedor, como siempre, sino que me puse el abrigo y me fui con los otros, con los que comen en casa, como si lo hiciese todos los días, y ya en el pasillo la cotilla de Berta del Barrio me preguntó que adónde iba, que por qué no comía en el comedor como todos los días, y yo me inventé que había quedado con mi madre para acompañarla al hospital porque le iban a hacer unas pruebas por lo de la caída, y pensé que una vez que una se inventa la primera trola lo de seguir con las demás ya no tiene ningún misterio, es todo cuestión de práctica, y luego me fui corriendo y salí por la puerta del cole tan campante, a encontrarme con Alberto que me estaba esperando justo enfrente, de pie al lado de su bólido rojo.

Me llevó a comer a un restaurante lujosísimo, de esos con camareros con pajarita y un montón de cubiertos y de vasos encima de la mesa. Yo no había estado nunca en un restaurante como aquél excepto en una comunión, la de Jorge Echevarría, que es el forrado de la clase y que celebró la suya en un sitio que se llama Mayte Commodore y que es muy caro y muy guay, pero está claro que no era lo mismo ir a una comunión que estar comiendo a solas con un señor tan guapo y que olía tan bien, y cuando Alberto me preguntó que qué quería comer le dije que espaguetis con tomate y una hamburguesa, porque en mi casa no puedo comer espaguetis porque mi padre dice que engordan y mi madre ha conseguido que odie las ensaladas a fuerza de plantármelas en la mesa todos las noches para cenar, que es que mi madre es muy pelma cuando quiere, no sabes cómo, y Alberto puso una cara muy rara y dijo que lo de los espaguetis se podía solucionar, como si hablase de un problema muy gordo, pero que no creía que allí hubiese hamburguesas, que si quería podíamos ir a un burguerking, y yo hubiese preferido ir a un burguer, la verdad, pero algo dentro de mí me hizo notar que por algo, por algo que yo no entendía bien pero que sí podía sentir en el corazón (sentirlo con el corazón aunque no lo entendiera con la cabeza, no sé si me entiendes, algo así como cuando la abuela me habla de la santísima trinidad y las vírgenes y los santos y el cristo que deja que lo maten para limpiar nuestros pecados, que yo nunca he entendido qué tiene que ver que a uno lo maten con los pecados de los demás, y yo no la entiendo nada pero la siento), bueno, que no entendía pero sentí que aquel restaurante molaba más que un burguer, y es que era como un restaurante de esos que se ven en las series de la tele o así, y Alberto era igualito que cualquiera de los protas de una de esas series, y entonces me di cuenta de que es verdad que en esas series no comen hamburguesas, y le dije que me daba igual, que prefería quedarme allí y que pidiera él lo que quisiera, y noté que me estaba poniendo colorada y ya no pedí nada más. Y cuando llegó el camarero Alberto pidió *espagheti a la boloñesa* (el nombre me lo aprendí de memoria) y un pastel de carne para la señorita, y cuando me di cuenta de que la señorita era yo, pues me puse orgullosísima, la verdad.

Alberto me preguntaba muchas cosas sobre mi casa y sobre mi madre y sobre mi padre y al principio me daba vergüenza contestarle, pero luego me solté y me puse a hablar y a hablar, y es que hablar con Alberto resultaba muy fácil, mucho más fácil que con cualquier otra persona mayor que yo hubiese conocido hasta entonces, porque no interrumpía nunca, y cuando yo paraba, entonces me hacía alguna pregunta que tenía que ver con lo que yo había dicho hasta entonces, así que yo tenía que seguir hablando. Y entonces le hablé de mi padre y de mi madre, de la obsesión esa que tienen los dos con lo de que adelgace, que se la saben hasta en el colegio porque mi madre se ha encargado de que en el comedor me den una comida especial, de régimen, y de que me da mucha vergüenza tener que comer verduras y ensaladas y filetes a la plancha delante de todo el mundo cuando los demás niños comen cosas normales, y de las peleas que tienen mis padres día sí y día no, y de que yo quiero tener un hermano pero no me dejan, porque a mi padre no le gustan los niños, creo, aunque a mí me dicen que es porque los niños son muy caros y no tenemos dinero, pero yo creo que es por mi padre, porque no le gustan los niños, que yo desde luego sí que no le gusto, aunque él lo quiera disimular, pero yo sé que le gusta mi madre mucho más, y le hablé del colegio, de Berta del Barrio que es mi mejor amiga y la más guapa de la clase y la más lista (aunque sea una cotilla), y de Javi el Maño, que me pidió para salir una vez en el patio del colegio, pero yo le dije que no, y acabé por contarle también a Alberto que los chicos le piden salir a Berta y no a mí, a mí sólo Javi el Maño, que no me gusta nada, y creo que a los chicos no les gusto porque estoy gorda, porque mi padre siempre dice que de mayor querré estar delgada porque a los hombres les gustan las mujeres delgadas, y entonces Alberto me dijo que lo que decía mi padre era una tontería, y era la primera vez que me interrumpía desde que yo empecé a hablar, decía que era una tontería porque yo no estaba tan gorda y porque no a todos los hombres les gustan las delgadas, que a algunos también les gustan gordas, y yo le respondí que a él sí que le gustaba mi madre, y mi madre es delgada, y él dijo que era verdad, que a él le gustaba mi madre, pero que también le gustaba yo, y que además no le gustaba mi madre porque estuviera delgada, sino por otras cosas.

Para entonces ya habíamos acabado los espaguetis. El camarero me había traído una cocacola, como yo había pedido, pero Alberto me dejó pegarle un sorbito a su vino, que no es que me guste mucho el vino, la verdad, pero me apetecía probarlo porque en casa no me dejan. Y luego el camarero me trajo el pastel de carne, que, la verdad, se parecía más a una hamburguesa que a un pastel, y me preguntó muy amable si a la señorita le habían gustado los *espagheti* (la señorita era yo, claro) y ya ni me puse roja ni nada porque empezaba a acostumbrarme a todo, al vino, a los cambios de cubiertos, a los camareros con pajarita que iban de mesa en mesa y a que me llamaran de usted. Y Alberto me dijo que de postre no podía pedir tortitas con nata porque allí no había y que tenía que conformarme con un trozo de tarta de chocolate. Lo de conformarme lo decía por decir, claro, porque la tarta de chocolate, la verdad, estaba más buena aún que las tortitas, y estaba claro que Alberto me iba a dejar repetir.

Cuando me dejó a la puerta del colegio (yo iba que estallaba y sabía ya que me iba a quedar dormida en clase, de todo lo que había comido), me dio un beso y me dijo que no me preocupase más por lo del peso, que a fin de cuentas él no estaba delgado y nunca le había importado. Y entonces caí en la cuenta por primera vez de que Alberto estaba gordo, y era verdad que a mí me gustaba de todas formas, así que pensé que debía de tener razón él y no mi padre, que hay cosas que importan más que el peso para que te guste una persona.

Yo había jurado no decir nada a nadie y que lo de Alberto iba a ser un secreto secretísimo, pero el caso es que nadie puede guardar secretos cuando su mejor amiga es alguien como Berta la cotilla, que cada jueves se mosqueaba porque yo no me quedara a comer en el colegio, sobre todo porque al tercer jueves pasé de inventarme más trolas (es que lo de la caída de mi madre estaba claro que ya no iba a colar, sobre todo porque ella a mi madre la conoce, que para algo somos vecinas), y simplemente le dije que me tenía que ir y que no le podía decir adónde porque era un secreto. Así que ella me dijo que como no le dijera adónde iba se iba a chivar de que me escapaba, y acabé contándoselo todo, y la verdad es que igual podía no habérselo contado, porque acabó chivándose igual. Creo que se lo contó a su madre, y su madre se lo contó a la mía, no sé cómo fue la cosa, el caso es que mi padre me echó una bronca tremenda cuando se enteró y me dijo que nunca, nunca, debía ir a ninguna parte con desconocidos y me hizo prometer cienes y cienes de veces que Alberto y yo sólo habíamos ido a comer y que eso era todo, y no sé exactamente qué era lo que le preocupaba tanto que hubiese podido pasar, pero debía de ser algo muy grave, porque sólo insistía en eso una y otra vez, en que le prometiera que no habíamos hecho nada más que comer juntos, y ni siquiera me echó la bronca por comer tortitas y espaguetis y tarta, sólo por irme sola con un señor desconocido. Y al día siguiente no fui a clase porque me hicieron ir al despacho de la psicóloga del colegio, la señorita Eva, que me hizo contarle punto por punto todo lo que había pasado con Alberto y me preguntó varias veces si no había pasado nada más que eso, si Alberto no me había besado o me había tocado, o si me había rozado la pierna en el coche y yo le dije que no, pero ella siguió preguntando y venga a preguntar hasta que yo me puse a llorar y por fin paró.

Pues eso, que al jueves siguiente salí a buscar a Alberto a la puerta del colegio, como habíamos quedado, pero esta vez no iba yo sola, que íbamos mi padre, mi madre, la señorita Eva y yo. Y cuando vimos a Alberto que estaba esperándome, como siempre, apoyado en el bólido rojo, mi madre se adelantó y se fue derechita hacia él. Se quedaron mirándose fijo el uno al otro, sin decirse nada, un rato, los dos muy pálidos, y para cuando yo llegué hasta el coche fue cuando mi madre abrió por fin la boca y dijo, muy bajito, pero no lo suficiente como para que yo no la oyera, algo así como: Eras tú, tenías que ser tú, sabía que eras tú, lo sabía. Y lo repetía una y otra vez, sin parar, como si estuviera rezando o así.

No me enteré de mucho más porque la señorita Eva me cogió de la mano y me obligó a ir con ella de vuelta al colegio. Yo me dejé arrastrar, pero alguna vez miraba hacia atrás y veía a mis padres y a Alberto que se peleaban. Mi padre hacía gestos de vez en cuando levantando el puño y acercándose a Alberto, un poco como hace el chulito de Javi el Maño en los recreos cuando quiere asustar a alguno de los más pequeños, y mi madre se ponía en el medio de los dos como para separarlos. Y luego por la noche, por mucho que le pregunté a mi madre, no me quiso contar nada. Me dijo que ya me explicaría, que no preguntase tanto, que tenía muchas cosas que hablar con mi padre, y me envió a la cama prontísimo, sin dejarme ver la tele ni nada.

Yo sabía que luego hablarían del tema y quería enterarme de lo que pasaba, así que usé un truco que me había enseñado Berta la cotilla, que no la llaman así por casualidad. Y es que como el dormitorio de mis padres está al lado de mi cuarto, pared con pared, si uno pega un vaso a la pared y la oreja al vaso, pues se puede oír bastante bien lo que pasa en la habitación de al lado. Este truco ya lo había probado antes, pero la verdad es que siempre me aburría bastante, porque casi nunca les oí decir nada, y mucho menos hacer el amor, que es lo que dice Berta que escucha cuando prueba el truco con sus padres, aunque ella no duerme al lado de los suyos y lo tiene que hacer desde el comedor, que es más complicado que lo mío. Y es que, para el truco del vaso, lo de que vivamos en una casa tan chiquita es una ventaja, la verdad, por mucho que mi madre esté siempre quejándose del tamaño, igual que se queja de que nuestras paredes son de papel.

Mi madre decía que tendrían que decírmelo, que era inevitable, que seguro yo ya me lo imaginaba y mi padre decía que no había que precipitarse, que habría que hablar primero con la psicóloga, y yo sabía que hablaban de mí pero no entendía de qué más hablaban. Y mi madre dijo que ella siempre supo que acabaría por aparecer, porque por mucho que él hubiera jurado cuando ella se quedó embarazada que él no quería saber nada del bebé, la curiosidad siempre acaba por picar, como los ajos, eso decía mi madre, y seguía diciendo mi madre que qué padre no quiere saber sobre su hijo y que seguro que los suyos serían ahora mayores, que ya lo eran cuando ella estaba con él, y que él nunca se llevó bien con la mujer, y peor cuando la mujer se enteró del lío que tenía, y que seguro que ahora se sentía solo, que sus hijos serían mayores y que con la mujer imposible que se llevara bien. Y la conversación yo la sentía pero no la entendía, igual que los rollos de mi abuela sobre Cristo y los pecados. Y entonces mi padre le dijo a mi madre que él no entendía por qué, si él quería ver a la niña, no recurrió a ella, a mi madre primero, que a cuenta de qué vino el numerito de ir a buscar la niña al colegio, y entonces sentí, pero no entendí, que la niña era yo. Y mi madre dijo que él sabía de sobra que ella no le dejaría ver a la niña nunca, no después de cómo se había portado, que ya se lo dijo entonces, que si cortaban, pues cortaban para siempre. Y que ya no quiso verle más, sobre todo después de que mi padre se casara con ella, porque estaba claro que él se había portado tan mal y mi padre tan bien... Y que no habría sido justo, y que mi padre no habría querido, que mi padre era mi padre y no sólo legalmente, sino moralmente, porque pagaba las facturas y porque me había criado...

Y luego no entendí lo que decía porque mi madre se puso a llorar y el resto eran palabras entre sollozos. Decía *injusto* muchas veces, y *qué vamos a hacer*, y *sabía que esto acabaría por pasar* y cosas así. Y después, cuando parecía que se calmaba, empezó a hablar mi padre y le dijo a mi madre que no se preocupara, que si él quería ver a la niña que irían a juicio, y que ya sabía mi madre lo lenta que es la justicia en este país, que hasta que consiga que un juez ordenara la prueba de paternidad podían pasar años, y hasta que le dieran el derecho a ver a la cría, más años, y eso si se lo daban. Y que para entonces la niña tendría catorce o quince o dieciséis años y que igual ella ya no le querría ni ver, que la niña ya sería mayor, y que al colegio no iba a ir a verla, que eso se lo juraba a mi madre allí mismo, que se lo juraba por lo que ella quisiera, que él se encargaría de traer a la niña y de recogerla, y que la niña iba a estar mucho más controlada. Y que si había que cambiarla de colegio, pues se la cambiaba. Y que santas pascuas.

Yo he decidido no escaparme más porque no quiero que me cambien de colegio, porque Berta será muy cotilla, pero es mi mejor amiga, y la más guapa de la clase además, y mola estar con ella y que los niños y las niñas la miren tanto, y Javi el Maño puede que sea un chulito, pero ningún otro niño me ha pedido salir, y además a mí no me apetece nada ir a un colegio nuevo, la verdad, si llevo en éste toda la vida y siempre con los mismos amigos. Pero en lo otro mi padre se equivoca. Cuando cumpla catorce años, seguiré queriendo ver a Alberto, y seguiré queriendo ir a tomar con él tortitas con nata. Tengo clarísimo que querré seguir viéndole, y que nunca, nunca, me voy a olvidar de él.

Estoy deseando cumplir catorce años.

MARTA RIVERA DE LA CRUZ

Verano

Marta Rivera de la Cruz (Lugo, 1970) se licenció en Ciencias de la Información y se doctoró en Filología. Ha escrito varios ensayos y novelas, como *El refugio*, II Premio de Novela Corta y Brillante, *Que veinte años no son nada*, II Premio Ateneo Joven de Novela de Sevilla y *En tiempo de prodigios*, finalista del Premio Planeta 1998.

El jardín se había puesto amarillo. Aquella mañana de otoño me asomé al jardín después de muchas jornadas de convalecencia —la gripe traidora se había metido en mi cuerpo y me había tenido casi un mes tiritando de fiebre, asqueada de tisanas y jarabes— y descubrí que los árboles se habían vuelto dorados y rojizos y ocres, y el césped desaparecía bajo una capa de hojas crujientes que no habían empezado a marchitarse. Creo que por primera vez en mi vida fui consciente del paso de las estaciones, pues nunca hasta entonces había pensado que el mundo puede cambiar en cuestión de días para volverse bello y fastuoso, como si estuviese hecho enteramente de oro.

Guardar cama es siempre un fastidio, pero en especial a los doce años, cuando el tiempo parece tener una dimensión distinta. Los días son eternos, las semanas larguísimas, y al escuchar la voz del médico prescribiendo un mes de reposo uno puede sentir como la vida entera zozobra bajo sus pies. Eso fue lo que yo pensé cuando el doctor dijo que necesitaba descanso: que iba a perderme muchas cosas, demasiadas cosas. Cosas que nadie iba a devolverme. Días, horas, minutos preciosos desperdiciados entre sábanas, en un descanso que, estaba segura, era completamente innecesario. No estaba cansada. Ni siquiera me sentía verdaderamente enferma. Pero aquel medicucho aseguraba que lo mío era grave, y hablaba a mis padres de un apocalipsis de pulmones colapsados y no sé cuántas cosas horribles. Catarro. Neumonía. Principio de tuberculosis. Tiene que estar en la cama, decía. Que no se levante ni para comer. Y así, aquella sentencia condenatoria me redujo a la categoría de inválida. Y mientras la amenaza de la tisis pasaba como un velo negro por encima de mi cama de supuesta enferma, supe que la batalla estaba perdida y que posiblemente no volvería a ver a Esteban.

Su familia había alquilado la casa contigua a la nuestra para pasar el verano. Le vi por primera vez cuando se bajó del coche, en medio de sus tres hermanas menores que eran como él, guapas y rubias. Entre aquellas tres adolescentes ruidosas, que ahogaban exclamaciones de satisfacción al descubrir la pérgola con los jazmines y el jardín delantero, Esteban me pareció silencioso y taciturno, como si hubiese aprendido a vivir al margen del mundo. Supe su nombre porque le llamó su padre, «¡Esteban!», y él se volvió entonces y me descubrió en la verja que separaba los dos jardines. No sé por qué me sonrió, ni por qué yo no correspondí a aquel gesto, que quería ser de saludo. Quizá algo me estaba advirtiendo de que estaba a punto de tener lugar un cataclismo capaz de volver del revés la vida de mis doce años. El caso es que me quedé allí, petrificada y lívida, mirando a Esteban sin decir ni palabra, sin hacer un miserable gesto amistoso para corresponder a su sonrisa, hasta que la ansiedad se me hizo insoportable y me di la vuelta de golpe para correr hasta mi casa. Llegué con el corazón alborotado y las mejillas arreboladas por aquella carrera mínima. No había nadie en el vestíbulo, y sin encender la luz me miré al espejo. Allí estaba yo, escuálida y fea, con dos trenzas ridículas desmayadas sobre los hombros y un vestido a cuadros que me hacía parecer aún más insignificante de lo que ya era. Las formas de mujer ni siquiera se insinuaban en mi cuerpo quebradizo. Tenía las rodillas llenas de peladuras, unas gafas de pasta para corregir un leve principio de astigmatismo, y, por si fuera poco, lucía una aparatosa ortodoncia con la que se intentaba poner en su sitio mi dentadura rebelde. Yo nunca había tenido demasiada fe en la ferralla atroz que me oprimía todas las piezas de la boca y convertía en un suplicio las horas de las comidas, pero me sometí al castigo con la docilidad con la que hacía todas las cosas, con la misma resignación con la que había aceptado mi condición de patito feo. Una lucidez particular —que ahora creo impropia de mis pocos años— me llevaba a asumir sin demasiados problemas aquellas partes de mi existencia contra las que consideraba que no se podía luchar: fundamentalmente, mi fealdad y las disposiciones paternas. Cuando el dentista me colocó el alambre en los dientes pensé que aquel gesto no me haría mucho más desagradable físicamente de lo que ya me consideraba, y que mis padres estarían contentos al verme lucir aquel artefacto, pues suya había sido la decisión de que lo llevase durante un año y medio. Pero aquella tarde, después de ver a Esteban en el jardín, me di cuenta por primera vez de que no quería llevar ortodoncia, ni aquellas gafas enormes, ni los vestidos a cuadros, ni esperar siglos a que mi cuerpo se desarrollase como ya habían hecho los de mis amigas. Cuando mi madre me sorprendió llorando, sentada en la escalera, no quise explicarle lo que me pasaba. De todos modos, no hubiese sido capaz de entenderlo.

Durante el almuerzo, mi padre contó que los recién llegados habían alquilado la casa vecina hasta principios de octubre.

—¿Son veraneantes?

—Creo que no. Él es Muñoz Fuertes, el catedrático de literatura. Está acabando un libro y quiere tranquilidad para rematar el trabajo.

—Pues han venido al sitio adecuado —mi hermano Carlos no perdía la ocasión de subrayar su desprecio por el pueblo—. Aquí, tranquilidad y aburrimiento los va a tener de sobra.

—Tienen cuatro hijos —mi padre, como siempre, ignoraba las impertinencias de Carlos por el bien de la paz familiar—. Un chico y tres chicas. Son de vuestra edad.

Lo decía mirando a mis dos hermanos, Carlos y Pedro.

—Podéis invitarles a jugar al tenis.

—Oh, sí. Seguro que eso les hace muy felices. Nuestra pista de tenis les va a arreglar las vacaciones.

—Carlos, por favor…

—Déjale, el sarcasmo también es una forma de actuar —mi padre ni siquiera miraba a Carlos—. De todas formas, he pensado en invitarles a comer. No conocen a nadie por aquí, y él parece un hombre interesante.

—¿Has leído algo que haya escrito?

—No, pero tengo un par de libros suyos en la biblioteca. En fin, ¿qué te parece? ¿Les digo que vengan mañana?

Mi madre sonrió antes de asentir. Eso era lo que hacía siempre con mi padre. Dirigirle sonrisas y decirle que sí. Entonces yo estaba convencida de que ésa era una receta infalible para tener un matrimonio feliz.

Pasé las horas que me separaban del día siguiente en un estado de rara agitación. No salí al jardín en toda la tarde, a pesar de que el tiempo era templado y grato.

—Pero ¿qué haces encerrada en casa con este día tan bueno?

Águeda, la criada, me había visto nacer y se creía en la obligación de intervenir en cualquier detalle relacionado con mi vida.

—Tengo dolor de cabeza.

—Melindres es lo que tú tienes.

Yo no podía decirle a Águeda que no me atrevía a salir al jardín por miedo a caer en la tentación de apostarme junto a la verja para espiar a Esteban por entre las hojas verdes de la hiedra.

—¿Quieres una aspirina?

Querría haberle contestado: no, Águeda, no quiero nada. O mejor dicho, quiero tener dieciséis años, caderas y senos de mujer y una melena larga que pueda llevar suelta a la espalda. Quiero quitarme el alambre de los dientes, quiero dejar de usar estas gafas inútiles, quiero que me compren un vestido que no tenga flores bordadas ni puntillas en las mangas, y unos zapatos sin pulsera, y unas medias finas para no volver a usar calcetines de perlé. Quiero que pase el tiempo, quiero que la vida me vuelva otra persona, y mientras eso no ocurra quiero seguir aquí sentada, dentro de la casa, sin importarme un bledo el tiempo que haga fuera.

—No, gracias, ya se me está pasando.

No dormí bien aquella noche, y a la mañana siguiente, mientras en las cocinas preparaban la comida para los invitados, yo iba notando cómo se me aceleraba el pulso ante la inminencia de las dos de la tarde. Aparecieron puntuales y sonrientes, el padre envuelto en la fría dignidad de su condición de erudito, la madre dulce y rubia como las tres hijas, que se llamaban Blanca, Pilar y Rosa. Las dos mayores tenían dieciséis años y eran gemelas. La menor, Rosa, acababa de cumplir los quince, y era la más guapa de las tres. Me comparé con ella: al lado de aquella belleza de cabellos claros y ojos verdes, mi vulgaridad y mi torpeza parecían multiplicarse hasta el infinito. En cuanto a Esteban, me saludó como si nunca hasta entonces me hubiese visto, y pensé que quizá no recordaba nuestro encuentro fugaz a través de las verjas del jardín.

Fue un almuerzo agradable en el que se fraguaron por encanto todas las posibles simpatías mutuas. Papá y el profesor descubrieron intereses comunes. Su esposa y mamá iniciaron un amable intercambio de cumplidos y preguntas que habría de desembocar en los cimientos de algo parecido a la amistad. En cuanto a mis hermanos, tardaron segundos en rendirse a la belleza deslumbrante de Rosa y el indiscutible atractivo de sus dos hermanas, y también a la simpatía de Esteban, que era alegre y desenvuelto y tenía una risa solar que hubiese sido motivo suficiente para adorarle como yo hacía desde el momento en que le viera por primera vez. Aquella comida sólo había servido para confirmar mis sospechas: Esteban era el ser humano más digno de adoración de todos cuantos andaban por el mundo.

Como era previsible, la familia de Esteban y la mía iniciaron enseguida un período de feliz simbiosis. Los cuatro hermanos venían todas las tardes a jugar al tenis en la pista de hierba que había en la parte de atrás del jardín, y luego se bañaban en el estanque, que era profundo y estaba escrupulosamente limpio. No eran los únicos: la pileta y la cancha de deporte ejercían una poderosa atracción para otros jóvenes veraneantes, que disfrutaban casi a diario de la legendaria hospitalidad familiar. Después del tenis y el baño, muchos se quedaban a merendar en el porche o iban a coger cerezas en los árboles del huerto, y entonces se me consentía sostenerles las cestas mientras las llenaban de fruta o compartir con ellos los emparedados que preparaba mi madre.

Durante aquellas jornadas, yo sentía la dolorosa impresión de no existir para el resto del grupo cuajado de muchachas en flor y chicos altos y bien plantados, algunos expuestos todavía a las vergüenzas del cambio de voz. De todos era Esteban el más guapo, el más hablador, el más competitivo en las pistas de tenis y el más arrojado a la hora de lanzarse a las aguas frías del estanque. Desde el primer día, las chicas intentaban convertirse en el objeto preferente de su atención, y él trataba por igual a todas: para desesperación de unas y otras, Esteban era obsequioso y encantador con cada una de ellas, equilibrando de forma salomónica sus sonrisas y sus cumplidos. Creo que fui la primera en darse cuenta de que Esteban no iba a decidirse por ninguna, al menos no en aquel verano, y aquello me proporcionó una paz desconocida, pues no sé si habría soportado ser testigo del nacimiento de un romance entre una de aquellas sirenas y el primer hombre al que había jurado secretamente amor eterno.

Sólo tres chicas se mostraban indiferentes a los encantos de Esteban, y eran sus tres hermanas: las mellizas, Blanca y Pilar, y Rosa, la bella, que había fascinado por igual a todos los muchachos del grupo, aunque en virtud de algún pacto secreto todos ellos se retiraron de la lucha por la dama tras comprobar que mis dos hermanos también estaban interesados en ella. Ocurrió entonces algo curioso: Blanca y Pilar pusieron los ojos en Carlos y Pedro, y fui testigo de cómo mis hermanos competían entre sí por ganarse el afecto de Rosa, para desesperación de las dos gemelas, que no sabían cómo iban a repartirse el botín desigual. Convencidos de que allí se estaba librando una rara batalla familiar, el resto de los chicos y las chicas decidieron hacer la guerra por su cuenta, se enamoraron entre ellos como todos los veranos, y les dejaron en paz.

En cuanto a mí, me convertí en una observadora silenciosa de lo que pasaba a mi alrededor. Veía cómo las gemelas cuidaban cada vez más sus atuendos y sus peinados, y cómo Rosa fingía indiferencia ante los avances de mis hermanos, que se pavoneaban en la pista de tenis y organizaban carreras de natación en las que se disputaban los primeros puestos con singular fiereza, como si la vida se les fuese en aquellos pobres enfrentamientos en las aguas verdosas de la pileta de piedra. Rosa jugaba a ignorarles a los dos, y apenas esbozaba una sonrisa de felicitación cuando uno de ellos llegaba exhibiendo la última victoria.

Esteban, que no había elegido a nadie a quien hacer la corte, parecía complacerse en hacer burlas de los otros y sus artimañas de conquista. Pasaba mucho tiempo leyendo en nuestro jardín, aparentemente abstraído de todo lo que sucedía a su alrededor. Era entonces, mientras él se enfrascaba en la lectura, cuando yo podía observarle a placer, estudiar las facciones perfectas de un rostro que consideraba singular, descifrar el color de su pelo o de sus ojos. En aquellas tardes yo era invisible, inexistente. Una pobre niña fea con corrector dental y gafas de alambre, embutida en un horroroso bañador de una pieza que subrayaba la ausencia de formas y dejaba al aire unos brazos y unas piernas excesivamente largos y delgados. Un ser sin derechos que existía sólo a medias y que por eso precisamente podía dedicarse a observar, a ver sin ser visto.

Una tarde, no sé por qué, una de las chicas se fijó en mí mientras estaba tendida en la toalla.

—¿No te bañas? —me dijo, y me ruboricé antes de contestarle que no.

—¿No sabes nadar? —insistió otra, y yo hubiera querido contestarle que sí, que nadaba como un pez desde los cinco años, que era capaz de cruzar buceando nuestro estanque por tres veces consecutivas y sin sacar la cabeza, y que si no me bañaba, era sólo porque no quería interrumpir los juegos de los otros con mis ejercicios de natación. Pero no me atreví. Y ellas, tras intercambiar una mirada maliciosa y sin decir palabra, me agarraron de pies y manos y, tras hacer pendulear mi cuerpo insignificante desde la orilla, me tiraron al agua.

Yo tenía la piel ardiendo, y el contacto brusco con el agua helada me resultó tan desagradable como las carcajadas del grupo. Salí del estanque chorreando, sintiéndome torpe e injustamente humillada, y al agarrarme al borde resbalé en el limo y volví a caer. Las risas se multiplicaron hasta el infinito, y sin saber por qué me eché a llorar. Fue entonces cuando noté que alguien me tomaba de la mano para sacarme del agua.

—¿Os parece muy gracioso?

Atribulada como estaba, tardé unos segundos en darme cuenta de que era la voz de Esteban. Era él quien me agarraba la mano, quien me colocaba sobre los hombros una toalla de felpa.

—¿Estás bien? —y, sin esperar mi respuesta—: Sois unas idiotas.

Yo veía a Esteban a través de las lágrimas, y también a las dos chicas que me habían empujado y bajaban la cabeza al escuchar el rapapolvo de quien era su héroe y el mío.

—No les hagas ni caso, son tontas perdidas —me dijo, tendiéndome otra toalla para la cabeza—. Vaya, tienes sangre en la rodilla.

Me había raspado al salir del estanque, pero no me dolía. Esteban me limpió la herida con su propio pañuelo, y luego me acompañó a casa para que me hiciesen las curas.

—Gracias —susurré antes de que se fuera, y él me dedicó una sonrisa de las suyas.

Al día siguiente llovió, y por eso no hubo partido de tenis ni baño en el estanque, pero Esteban y sus hermanas vinieron a mi casa a pasar la tarde. Esteban se acercó a mí para preguntarme qué tal estaba, y luego se empeñó en que participase en los juegos de mesa que habían preparado en el salón. Yo agradecía sus atenciones con una sonrisa desmayada, y él me revolvía el pelo y me elegía los mejores pasteles de la merienda acompañándolo todo con su sonrisa perfecta.

Para sorpresa de todos, Esteban siguió prodigándome mimos durante las jornadas siguientes. Me hacía preguntas, me contaba cosas, se interesaba por el libro que estaba leyendo, insistía para que me bañase con él en el estanque. Supongo que el resto del grupo no comprendía por qué se tomaba tantas molestias por una cría escuchimizada, cuando tantas muchachas preciosas se hubiesen derretido con la mitad de las atenciones que me dedicaba a mí.

Sólo yo comprendía a Esteban: compadecido de mi torpeza y mi falta de atractivo, me había convertido en su mascota, sabiendo que lo insignificante de mi persona ponía sus desvelos a salvo de cualquier tipo de sospecha. Al mismo tiempo, todo aquel jugueteo con una pobre cría mantenía alerta la curiosidad —y por tanto el interés— de las mismas chicas que empezaban a ignorarle, hartas de su desidia ante sus encantos. Yo acepté el papel que la suerte me había asignado como antes había aceptado la ortodoncia y las gafas, y hasta puedo decir que disfruté de él. Por primera vez en la vida sentía que mi físico no era un obstáculo sino un acicate; no un estorbo, sino un fiel aliado. Porque ¿se habría mostrado Esteban tan obsequioso conmigo de haber sido yo una belleza impúber de esas que amenazan con estallar en una floración deslumbrante? Yo era fea, y por lo tanto inofensiva, y un muchacho podía acariciarme el pelo o alzarme por la cintura para llegar a las cerezas más altas sin que nadie pudiese pensar nada extraño.

A finales de agosto mi madre me llevó a la ciudad para que el dentista me quitase el alambre de los dientes. Me miré al espejo por primera vez, libre ya mi boca de aquella armadura, y me encontré cambiada y distinta.

—Qué guapa estás.

Aquella afirmación de mi madre me sobrecogió, porque no podía recordar la última vez que había dedicado un cumplido a mi aspecto físico. Me miré en el espejo, sonreí y tuve la impresión de no ser yo, pero no me importaba perder mi vieja identidad a manos de mi sonrisa nueva. Pensé en qué diría Esteban cuando me viese, pensé en si él también me encontraría cambiada y guapa, y con esa pregunta en la cabeza regresé a nuestra casa esperando encontrarle en el jardín. Pero aquella tarde el grupo de muchachos habían decidido emprender una excursión, y no había nadie en la pista de tenis ni en el estanque. Hubiera podido esperar al día siguiente para mostrar a Esteban mi nuevo aspecto, pero no quería, y por eso empecé a pasear por el jardín, a hacer guardia frente a la verja para que pudiese verme nada más llegar. Fue entonces cuando empezó la tormenta y yo sentí cómo me llamaban desde la casa, pero fingí no oír, porque si regresaba adentro, alguien se ocuparía de impedir que saliese para enfrentarme a la lluvia. Así que no dije nada y me quedé allí esperando a Esteban, no sé durante cuánto tiempo, hasta que el agua me llegó a los huesos y me desvanecí, y no recuerdo nada más hasta que abrí los ojos y encontré al doctor frente a mi cama dictando la sentencia de muerte.

Aquellos días de reposo y aislamiento fueron una condena mucho peor incluso de lo que me había temido. Sola y aislada en mi habitación, escuchando en sordina las voces y las risas de mis hermanos y los demás, tenía la sensación de que el tiempo se me escurría entre las manos como si estuviese hecho de arena. El verano acabaría, la familia de al lado regresaría a la ciudad y yo nunca volvería a ver a Esteban, y aquella certeza que se convirtió en un tormento volvió más largos los días y las noches. Mientras, yo, en mi cama de enferma, notaba que algo dentro de mí se rebelaba contra la situación, como si incluso mi propio cuerpo quisiese presentar batalla frente a las circunstancias.

En la segunda semana de septiembre acallaron las voces que subían de la piscina, pues la mayoría de los veraneantes habían iniciado ya el éxodo otoñal. A partir de entonces sólo oía el golpear de la bola en la cancha de tenis, y de vez en cuando algún grito de mis hermanos lamentando la pérdida de un punto. Nunca escuché la voz de Esteban. Quizá había vuelto a sus lecturas. Quizá echaba de menos a su mascota, a su animal de juguete. Quizá se acordaba de mí.

—La encuentro mucho mejor.

El médico me tomaba el pulso tras auscultarme.

—Ayer no tuvo fiebre en todo el día

—Entonces puede levantarse un rato. Pero que no se fatigue en exceso. Un par de horas, y que vuelva a la cama.

Era sólo una libertad condicional, pero al menos iba a verme libre durante un rato de la galera del reposo. Águeda me preparó un baño caliente. Me desnudé a solas y por primera vez en muchos días me demoré para contemplar mi cuerpo en el espejo. A punto estuve de soltar un grito, porque aquellas absurdas jornadas de reposo habían obrado el milagro tanto tiempo esperado: mi silueta había florecido, mis caderas habían adquirido las formas que envidiaba en otras chicas, y mis senos eran redondos y firmes como los de cualquier adolescente. Me pareció que también mi rostro había cambiado, que mis labios eran un poco más gruesos, los pómulos más altos, los ojos más claros y llenos de una nueva luz. No quise demorarme en la contemplación del prodigio, como si temiese que una excesiva atención fuese capaz de desvanecer el encantamiento, y justo cuando iba a entrar en el agua tibia me di cuenta de que por la cara interna de mis muslos resbalaban unas gotas de sangre. Sabía perfectamente lo que significaba aquello, y también cómo debía actuar, así que no llamé a nadie: quería ser dueña de mi nueva condición, disfrutar de ella a solas, inaugurar mi paso al siguiente escalón sin interrupciones ni consejos. Me lavé con cuidado, coloqué unas compresas de algodón sobre la ropa interior, y volví a ponerme el camisón. Mi madre había dejado en la cabecera una bata preciosa, de color crema, ribeteada en encaje de Holanda, y se me antojó una prenda de recién casada. Fue entonces cuando reparé en el jardín vestido de oro, en las hojas doradas de los árboles y el tono rojizo que había adquirido la hiedra.

Escuché voces en la casa vecina, escuché el ruido del coche, que avanzaba lentamente por el sendero de grava, y me di cuenta de lo que ocurría: Esteban y los suyos se preparaban para marcharse. Sólo unas semanas atrás me hubiese quedado allí, tras el cristal, paralizada por el miedo y por la pena, pero yo ya no era la misma de entonces, y no podía permitir que Esteban se marchase sin ser testigo de mi metamorfosis. Así que con la bata ceñida en mi cintura nueva, el cabello mojado y suelto a la espalda y los pies descalzos, salí al jardín y me acerqué a la verja.

Esteban estaba allí, colocando algo en el maletero del coche. Tardó un rato en advertir mi presencia, y pude observarle mientras notaba como la sangre caliente iba surgiendo desde mis entrañas para subrayar mi ingreso en la pubertad. Tenía fijos los ojos en él cuando se dio la vuelta y me descubrió entre la hiedra de la verja, con las pupilas dilatadas y las manos trémulas, consciente de que tendría que agarrar con fuerza el hierro forjado para no caerme. Esteban me miró y descubrió de golpe a toda la mujer que era, y me di cuenta de que me miraba como yo quería, abrumado por la sorpresa, desconcertado por la tremenda novedad, preguntándose quizá adónde había ido su compañera de juegos, su perro faldero de aquellas vacaciones.

Como la primera vez que nos vimos, alguien gritó su nombre desde el otro extremo del jardín, pero esta vez Esteban no se movió.

—¿Ya estás mejor?

Le sonreí con la sonrisa nueva, y él siguió mirándome incrédulo. Había perdido todo su aplomo, toda su seguridad, como si hubiese retrocedido en el tiempo. Como la primera vez que le viera, alguien gritó su nombre.

—Nos vamos a marchar.

—Ya lo sé. Oí el coche. Por eso salí a decirte adiós.

Desde dentro volvieron a llamarle, pero Esteban no se movió. El viento agitó de golpe todos los árboles del jardín, y una lluvia mansa de hojas doradas cayó sobre nosotros.

—Mi padre dice que volveremos el próximo verano.

Y aunque hubiera debido hacerlo, no quise decirle a Esteban que cuando regresase yo también estaría allí. Había aprendido demasiadas cosas a lo largo de aquellas últimas semanas. Era el momento de empezar a ponerlas en práctica.

ESPIDO FREIRE

La Mora

ESPIDO FREIRE (Bilbao, 1974) se dedicó a la música durante la adolescencia y se licenció en Filología Inglesa por la Universidad de Deusto, donde cursó un Diploma de Edición y Publicación de Textos. Entre sus novelas figuran *Irlanda, Donde siempre es octubre, Melocotones helados*, con la que fue la ganadora más joven del Premio Planeta en 1999, *Diabulus in musica, Nos espera la noche* y, escrita a dos manos con Raúl del Pozo, *La diosa del pubis azul*. Ha escrito el poemario *Aland la blanca* y los ensayos *Primer amor, Cuando comer es un infierno, Querida Jane, querida Charlotte* y *Mileuristas*. Ha cultivado el cuento y colabora regularmente en varios medios de prensa escrita, radiofónica y de televisión.

La vaca era enorme, mucho más grande, con diferencia, que las otras. Las astas amarillentas, grisáceas en el nacimiento, chocaban con los árboles en el sendero. Pero lo que más le imponía, con todo, en aquella mole de carne y leche, era su color, negro como el de los toros de lidia; a él debía su nombre; la vaca *Mora*. *Mora*, fruto oscuro, noche sin luna, pesadilla de siesta.

La *Mora* no resultaba de fiar, eso lo reconocían todos. Pero para la pequeña era un auténtico enviado del mal; el demonio encarnado en un animal. Había otras vacas, vacas a las que no tenía miedo porque las veía indiferentes y pensativas. Hasta consideraba a la más pequeña, de color café con leche, de su propiedad. Y sentía auténtica pasión por los terneros lechales, aún por los de la *Mora*, si bien a éstos los precedía cierto recelo, como si la casta pudiera transmitirse.

Era una chica de ciudad: cada día seguía un camino establecido hasta un autobús que la llevaba al colegio, y de ahí regresaba a su calle, sin demasiados cambios. Comenzaba a acercarse a la edad en la que las rutinas fijas de la infancia la aburrían, y en la que sentía un deseo sin nombre, el ansia de bajarse en mitad del trayecto a la escuela y echarse a correr sin mirar atrás. Se sentía triste sin motivos, y contaba los días que la acercaban a las vacaciones en el campo.

La pequeña acostumbraba a pasar el mes de julio o agosto en casa de los abuelos, una mansión señorial en piedra gris que se elevaba a cierta altura sobre una colina, con el granero, la torre y la capilla. Apartada del camino, aún la ocultaban los castaños y su entrada, que se marcaba con una piedra y un roble tan viejo como el mundo, aparecía tras el recodo cada año, un poco cambiada cada vez, menos vieja, menos auténtica. La pequeña tenía entonces trece años. *Pequeña, Nena, Pulga, Chiquita*. Era menuda, demasiado bajita para su edad, y la madre supervisaba su estatura y su peso con un rastro de ansiedad y de amargura, porque en su familia todos habían crecido por encima de lo normal, y la talla se consideraba un rasgo de distinción y de pertenencia.

Cuando llegaba a la casa, en el sopor del verano o los primeros frescos de la noche, exigía que le enseñaran los nuevos animales; lo hacía desde que podía hablar y conseguía obediencia, y el abuelo tenía que llevarla a las cuadras, abajo, donde, a la luz un poco sucia de la bombilla, alcanzaba a ver un bulto asustado que se escabullía sobre unas patas temblorosas. Era un potrillo, un ternerito, una línea de cerditos ruidosos. Inmediatamente los bautizaba con el nombre más extraño que recordara, a veces rescatado de un libro leído a escondidas, y que, si el animal permanecía en casa, era rápidamente olvidado y sustituido por uno más pronunciable. A la pequeña eso le irritaba mucho; pero comprendía. No todos eran como ella.

A la *Mora* la conservaban porque producía más que tres de las otras vacas. Eso le dijeron. La habían traído siendo una ternerilla, de raza desconocida y algo bravía. Como se había hecho siempre, conservaban algunas vacas para nutrirse de leche, de carne; cada una era de un color, por casualidad o capricho. Entonces llegó la becerrita negra, con unos ojos azulados enormes y suaves. Uno de los niños de los arrendados por divertirse, agitó un trapo rojo ante la vaquilla y la toreó hasta dejarla agotada y sudorosa, mugiendo desesperada. Cada tarde repetía el juego. Los mayores lo miraban hacer y se reían.

Algún resorte se puso en marcha entonces; el animal creció, también creció el niño, y cuando pasaba cerca de las cuadras se oía dentro a la *Mora* patear y golpear la pared con los cuernos; reconocía su voz. Y tenían que contenerla para que no acornease a los niños.

Era como un adulto furioso, como un vecino indignado que no tolerara ni fiestas bajo su piso, ni alaridos de madrugada. Vigilaba durante el día, durante la noche. Sólo los mayores podían considerarse a salvo.

La casa de los abuelos guardaba para la pequeña los secretos de los cuentos de hadas. La segunda planta se dividía en tres; los tres pisos, separados en alturas por un par de escaleras. Se habían añadido a la casa cuando era preciso, cuando la familia o el dinero crecía.

Eran otros tiempos, entonces, y la riqueza se medía de maneras muy distintas.

El piso de abajo carecía de interés; sólo tenía la galería, desde la cual no se veía nada de interés. Las moscas se morían en las esquinas, en las ventanas. En el piso de arriba había una habitación misteriosa, el cuarto de las huchas, abarrotada de arcones viejos y huchas tan grandes que les llegaban hasta el pecho a las personas mayores. De pequeña aquellos bultos y aquella habitación cerrada con llave y pasador le imponían cierto respeto. Luego les perdió el miedo. Ya no era una niña.

Además, uno de los muebles contenía los auténticos tesoros; las joyas antiguas, escondidas en cajas forradas de conchas marinas y satén negro en su interior; había un collar de perlas, con el oriente extrañamente irisado, y otro de piedras granates engarzadas. La pequeña no se cansaba de mirarlos. Buscaba ropa vieja, los antiguos vestidos de novia negros, y los velos amarillentos que le hacían estornudar y se disfrazaba como una caprichosa princesa oriental de perlas en el peinado. La reñían, por supuesto, con poco convencimiento, porque no había más niñas en la familia, y todos guardaban con dificultad el equilibrio entre lo que pensaban que era correcto y la gracia que les hacía sus salidas de tono, lo que debería ser y lo que les divertía.

En el piso había muchos rosarios, y unos crucifijos de plata oscura sobre las camas y los chineros, ya sin porcelana ni china. Y en la mesa, otra cruz sustentada sobre conchas brillantes y pulidas. La hija mayor de la casa era monja. En la pared opuesta, cerca de la ventana, aleteaba un cuadro con una mariposa enorme y extraña. En uno de los prados cercanos unos expertos habían encontrado hasta cuarenta especies de mariposas distintas. Para agradecerle a la abuela su amabilidad durante el estudio le regalaron el cuadro. Allí seguía, como una curiosidad más.

Si pensaba en el bien, allí estaba la mariposa. Si pensaba en el mal, asomaba la *Mora*. En sueños, en vida.

Ella era la menor de los tres primos, y obraba a su antojo. Algún año jugaba con los niños de los aparceros; luego éstos fueron a trabajar a la capital y ella se quedó más sola. La casa distaba cuatro kilómetros del pueblo. No es que le importase mucho; era una jovencita solitaria y no necesitaba demasiado para entretenerse. En la casa había muchos libros, los mayores la mimaban, a la abuela nunca le faltaban ganas de charlar; y además estaba el primo.

De la enfermedad del primo nadie hablaba. La pequeña sabía intuitivamente que ese tema no se trataba, así como se pretendía ignorar que no tuviese padre. Cada año se encontraba un poco peor. Ella recordaba que antes todavía podía andar, y le llenaba las piernas de cardenales a fuerza de patadas; incluso una vez fueron a la playa. Brillaba el sol sobre una arena ardiente, y las conchas habían perdido el mismo lustre que las fotografías antiguas.

Ahora ella misma le llevaba de aquí para allá en la

silla de ruedas. El primo nunca se quejaba. Tenía dieciséis años y manejaba la casa a su gusto. Su palabra se convertía en ley. La pequeña mantenía ácidas discusiones con él y acababa subiendo al piso para castigarle, desde donde le oía desgañitarse y maldecir. Se querían mucho. Con el mismo movimiento brusco con el que apartaban las telarañas en los rincones, con el mismo asco y fascinación con la que se arrancaban las postillas de las rodillas heridas. No había otra cosa que hacer, salvo quererse, reñir, odiarse.

Durante dos horas, de las tres en adelante, en la casa se guardaba la siesta. A ellos no había manera de acostarlos. Prometían no alborotar y le permitían que continuaran despiertos, un desafío a las normas, o al tiempo. Ya les llegarían las horas del sueño, o, en el caso del primo, quién sabía, tal vez no. Su futuro terminaba pronto y de manera brusca. Les permitían un descanso, y sabían que si guardaban siesta por la noche, no habría sueño.

En los momentos propios, los de la siesta, la casa quedaba para ellos, y les asustaba tanta libertad. A veces enredaban cazando moscas con vasos, o daban de comer a los renacuajos que la pequeña atrapaba. No solían ser crueles, ni cuando armados de redes de plástico perseguían mariposas entre las lilas, pero la curiosidad les hacía temer que de un momento a otro podrían quebrar ese límite, matar algún animal, hacer un daño real e inesperado.

Otras veces eran más serios y, cada uno con su libro, leían como la hermana de la pequeña; la hermana mayor tenía fama de responsable y casi siempre podía encontrársele estudiando para el nuevo curso o entretenida con el ganchillo. No le agradaban los animales, ni el campo, ni se mostraba demasiado cariñosa con nadie, pero no importaba. Era así, siempre había sido así, una mujer prematura y eficiente, como la otra hija mayor, la tía que vivía en el convento desde hacía casi treinta años.

La siesta implicaba aburrimiento y responsabilidades, porque solía ser la hora que aprovechaba el pescadero para venir del pueblo. Si no dejaban una nota, había que ir a despertar a algún mayor, que era algo que le desagradaba especialmente. El mundo de los pequeños y de los mayores no debían mezclarse. Y cuando subía escalón a escalón a despertarlas, ella se inmiscuía en ese entorno. Olían, roncaban, necesitaban una ducha para espantar el olor, y no sólo por hábito y ley.

Pero cuando todos se levantaban y se podía hablar alto de nuevo, llegaba el momento que las vacas salieran a pastar, y ahí comenzaba el miedo. Obedientes, de una en una, se restregaban contra las zarzas para espantar las moscas, y se perdían hacia el pasto de arriba, tragándose de paso un par de flores al bordear los rosales de la abuela. Tenían distintos colores; una era blanca, otra amarillenta, otra parda. Pero la mole negra de la *Mora* las anulaba a todas. En cuanto oía el rumor de los herrajes en las cuadras la pequeña corría al piso. Desde la galería que se abría a ninguna parte observaba, con las moscas agonizantes que se retorcían en la repisa de la ventana, hasta que las vacas desaparecían.

Esperaba a que se alejaran. Si las vacas la encontraban fuera de la casa, despistada, a la sombra de uno de los manzanos mientras pasaban tras la piedra y el roble, la pequeña se envolvía en la colcha vieja que les servía de estera y respiraba asustada hasta que el peligro se iba. No recordaban cuándo había comenzado el miedo. Desde que recordara, en la visita primera, con el primer trastabilleo al caminar. Y al anochecer, no bien asomaban por el ribazo, subía de tres en tres las escaleras.

Su hermana y el primo no veían razón para tanta parafernalia. Los abuelos y los criados habían optado por tomarlo a risa. A veces la madre intentaba razonar con ella.

—Pero, tonta, ¿no ves lo lejos que está? No puede hacerte nada.

Pero en la mente de la pequeña todo era posible, que la *Mora* corriese, cruzase el prado y el arroyo, rompiese las puertas de doble hoja e incluso subiese las escaleras. No usaba la mente allí, sino el pavor. ¿No podían subirlas los perros, la *Tula*, el *Sil*, el *León*? Pues con más motivo ella.

Hacía años, cuando debía de ser aún muy pequeña, les habían llevado a ella y al primo, que todavía andaba, al prado, a que se entretuvieran recogiendo piedras. Nadie podía cuidarles, y los mantuvieron vigilados, cerca de los mayores, cinco años, cuatro, quizás, la primera intuición de un recuerdo. Araban, o recogían hierba, porque recordaba que estaba allí el viejo carro de madera, con el yugo y el huso; siempre uncían los dos animales más fuertes; una vaca negra y otra blanca. El ajedrez. El bien y el mal.

Las dejaron libres mientras pacían. De pronto la pequeña vio que la *Mora* corría tras ella; gritó. Soltó las piedras y una le hirió en la pierna. Rodó por la hierba, enloquecida por el pánico, con el corazón en el oído y un gorgoteo lento en la garganta. El abuelo sujetó la vaca a golpes. Tenía una vara gruesa como la muñeca de la pequeña, rematada por una conera de metal. La llevaron a la casa, le dieron una tila diluida y la dejaron dormir. Creían que lo había olvidado. Pero la *Mora* había descubierto el secreto para introducirse en sus sueños, era capaz de todo. La seguía por las noches, en las calles desconocidas de su ciudad, cuando tenía un poco de fiebre o se acostaba nerviosa y cansada. Aparecía, por desgracia, con demasiada frecuencia.

Ese verano la pequeña tenía grandes proyectos; había leído historias del Oeste americano y su mayor preocupación era rastrear el corral buscando plumas; las encontró largas y blancas, de las palomas colipavos que criaban por placer; otras menores, de las gallinas; y también plumones blanquecinos. Durante varios días estuvo reuniendo fuerzas para pedirle a una de las viejas criadas plumas de un precioso gallo de espolón que remoloneaba en la parte trasera. Cometió el fallo de comentarlo antes con la hermana, que la disuadió con un comentario sobre el sufrimiento que supondría para el gallo. Mordiéndose la conciencia, se lo propuso de todos modos a la mujer. Ésta se rió, como con todas sus ocurrencias, y prometió conseguir las plumas. Luego se olvidó.

Aquella mujer vivía frente a la casa de los abuelos, en lo que habían sido los antiguos establos, con su padre, un anciano sin dientes, y su hermano. Compartían un amor feroz por los animales. En la semioscuridad de la casa, que sólo dejaba pasar la luz por la puerta, brillaban en ocasiones unos ojos malvados; los de un águila disecada, el único adorno de la casa.

La otra familia de los arrendados vivía más lejos; había que cruzar el prado. A medio camino se encontraba la fuente. A veces había enfados ocultos, porque a los de allí no les imponía nada ni nadie, y consideraban la fuente de su propiedad; allí tendían la ropa, guardaban el jabón y los trastos e incluso sumergían las cántaras de la leche, para que refrescaran, porque no tenían nevera. Cuando iban a lavar, se encontraban con el agua blanquecina, cubierta de grasa. La pequeña regresaba furiosa y frustrada, mucho más que los mayores, pero sus razones de odio eran otras. Los perros de aquella gente no eran más que huesos colgando de un pellejo; daba pena verlos. Merodeaban de continuo, enormes y famélicos, a la espera de cualquier descuido para robar comida.

Los abuelos, en la gran casa, se mostraban por encima del bien y del mal. Se preocupaban por ellos lo justo, sin atender a murmuraciones. Eran de otra clase. Los aparceros les acusaban de orgullosos. Luego

iban a verles y les proponían que, ya que no cultiva-
ban todas las tierras, ¿no podrían hacerlo ellos? El
abuelo accedía siempre, sin pedir ningún pago. Era su
manera de dar limosna. Creía que el tiempo continuaba estancado, que el siglo no avanzaba. Como si
tras su madurez y la llegada de los nuevos usos, ya nada cobrara sentido.

Algunas tardes aparecía por la casa un hombre
delgado con un muchacho. Eran el medio hermano
del abuelo y su hijo. El abuelo se sentaba, y mandaba
a las mujeres que los atendieran con gesto de gran señor. La pequeña lo observaba con resentimiento. Ella
no hubiera obedecido. La habían educado de otra
manera, y despreciaba el trabajo de la casa, la voluntad de servicio, la obsesión por ser perfecta. A veces
se quedaban a cenar. La pequeña salía entonces de la
habitación del primo y se lavaba las manos en la pileta.

—¿Hay que ir a por agua? —preguntaba, y aunque
no hiciese falta alcanzaba la botella de cristal verde y
se marchaba corriendo a la fuente, con la linterna.
Cuando regresaba, la larga mesa de mármol se había
cubierto de carne de todas las clases; frita, cocida, re-
bozada. Aquella fascinación por la carne venía de
mucho tiempo antes, de la era del hambre, la escasez
y los prejuicios. Otra época. Para la pequeña, la comida no resultaba necesaria, tan sólo un compromiso familiar, sin placer ni provecho.

En su casa en la ciudad la comida era de confianza: procedía de bandejas, de los cajones ordenados del

supermercado. Cada vez con mayor frecuencia, su madre la enviaba sola a hacer los recados. Ya no sólo la encargaban el pan, sino también decisiones en las que el buen juicio contaba. Si las manzanas tenían buen aspecto, dos kilos. Si veía alguna fruta apetecible, otros dos kilos.

Pero cuando se sentaba a la mesa de los abuelos comía siempre con recelo, porque conocía a los animales por su nombre y sabía que la mentían, para que no rechazara el conejo, o el cordero; a veces, cuando pensaba en la crueldad de alimentarse de algo muerto casi lloraba. Luego, de la noche a la mañana, sin sentir, se le fueron los prejuicios, y no le importaba ayudar a matar los pollos o los conejos. Observaba cómo les cortaban el cuello con una fascinación que ella misma nunca había sospechado.

Los abuelos hablaban de temas aburridos y monótonos, que ella escuchaba por obligación mientras estaba sentada a la mesa: de lo tarde que iba ese año la recogida de la hierba.

—Es difícil encontrar gente.

—Las máquinas, las máquinas —repetía el medio tío—. El futuro es de los chicos y de las máquinas —decía, señalando a su hijo.

—Tú lo arreglas todo con las máquinas. El futuro no vendrá al campo —decía el padre—. Ya nadie quiere quedarse. Las niñas estudian, y los niños no quieren quedarse.

El abuelo sonreía, demostrando su total desapego por las cosas materiales y les agradecía la visita. Quizás el medio tío tuviera razón, pero no hacía nada por seguir sus consejos. Él lo había conservado todo, pero lo perdería. Le habían otorgado un nieto enfermo y dos nietas chicas y alejadas. Lo que quedara a su paso, no podía preverlo. No le angustiaba.

El medio tío vivía algo lejos. El abuelo había quedado, como hijo mayor, en la casa principal: había sido quemada dos veces, una por venganza. La otra, no se sabía. Pertenecía a la historia de la zona tanto como a la tierra. La abuela, que respetaba las tradiciones como algo religioso, contaba las historias familiares y las mezclaba con consejos y advertencias. Algunas eran tan vulgares como el agua de la fuente. Otras tomaban tintes fantásticos y épicos de un tiempo remoto, cuando había guerras y lobos, y había que organizarse para matarlos.

Otras veces marchaban con cazos y pucheros a recoger y comer moras, y peinaban las zarzas con todo detenimiento, y volvían hablando de hacer mermeladas y pasteles. O llevaba a la pequeña con ella al jardín a ver las delicadas rosas blancas trepadoras, las flores de difuntos y las camelias que no nacerían hasta octubre. La abuela estaba orgullosa de sus rosas, y hasta perdonaba que se las robaran.

—A todos nos gustan las cosas hermosas. ¿Qué culpa tienen ellos? —decía, cuando observaba que alguien, algún paseante, o alguno de los vecinos, le había arrancado las flores, que contaba cada día.

Ella, que no era generosa, intentaba admirar aquel desprendimiento, que le parecía casi beatífico y que le parecía aún más extraño según crecía. Quizás procediera del convencimiento de que las cosas eran de todos, y debían compartirse. La pequeña había crecido en un momento en el que cada cual tenía su objeto, su tesoro, y debía protegerlo de los compañeros de clase, de las mochilas abiertas en las que los deditos ansiosos se colaban. Ambicionaba incluso lo que no era suyo: los collares de los estuches, el cuadro de la mariposa, la casa entera.

La pequeña pasaba mucho tiempo en su habitación. Dormía con su hermana en una cama enorme de madera. De mañana abría las contraventanas y arrancaba de la pared los sarmientos de hiedra trepadora, y saludaba a los aparceros, que ya llevaban horas en pie. Rezaba, rezaba mucho, arrodillada en el reclinatorio o en la piel de animal que estaba tendida a los pies de su cama. Aún no había perdido la fe; se aferraba a ella con la certeza de que le quedaba poco, de que el cuerpo despertaba y le estorbaban las creencias. Era un hábito más, como pedir deseos, o creer ávidamente en que la magia existía.

Acariciaba el pelo de la alfombra de piel y enredaba los dedos. El suelo, las paredes y las vigas enroscaban sus nudos de roble de forma caprichosa, y ella los conocía de memoria; el ave del paraíso, la mujer antigua, la diosa griega, la rosa. Y una mancha negra y con cuernos: el diablo.

Desde aquella habitación se oían perfectamente las maldiciones que les dedicaban a los caballos. Los caballos de la casa tenían fama desde muy antiguo, y la pequeña sabía distinguir de una ojeada el caballo con solera del que no la tenía. Nadie le había enseñado. Durante mucho tiempo habían vivido de los caballos. Ahora apenas daban dinero, pero algo había que hacer para matar el tiempo. A ella no le atraían en exceso, porque los ojos desbocados y nerviosos de los sementales la hacían sentirse incómoda.

Tuvo una temporada en la que, con gran disgusto de la madre, se escapaba a la casa de los aparceros que vivían más allí. Hacía compañía a una de las hijas, que era costurera; le contaba historias y le hilvanaba collares de margaritas. Luego aquella hija se casó. Al primo le dio por leer libros de descubrimientos espaciales y por extraer el cuarzo de las piedras de granito. Se las traían en cubos y él las machacaba con infinita paciencia, y guardaba los cristales hasta que un día, en venganza por alguna mezquindad, la pequeña le quitó la caja y esparció los fragmentos. El cuarzo revoloteó al sol de la tarde y durante mucho tiempo, a la menor amenaza de viento, el aire se llenaba de láminas brillantes que escocían la piel y los ojos, y hacían gemir al perro.

El perro se llamaba *León*. La abuela se había cansado de galgos altivos y de mastines que si no salían al campo, acababan por volverse locos. Escogió un perrillo de orígenes tan cruzados que era imposible distinguirlos. Un perrito para niños y compañía.

Les tenía engatusados. Cuando merendaban les observaba con obstinación, agachaba las orejas, e, indefectiblemente, el chocolate o el membrillo eran para él. La pequeña daba largos paseos con él; corría, camino arriba y abajo, y *León* jadeaba feliz, y al volver a casa metía las patas doloridas en un recipiente de agua. Cuando ese año dejaron la casa *León* no les despidió. Con ojos tristes se negó a festejarles. Murió tres meses después, a causa de una peste canina que acabó con casi todos en la zona. Cuando la pequeña lo supo, lloró toda la noche como si se le hubiera muerto la esperanza.

La noticia se la trajo su padre, porque en dos años la pequeña no volvió. No quiso. Sin saber cómo creció, y la casa de los abuelos perdió su poder; se aludía a la pereza del viaje, el calor, la mala salud. Todo lo más, las cartas, dos veces al año, renovaban la ilusión. Se quedaba con su hermana, con la excusa de que querían estudiar, pero con eso no engañaban a nadie. Comenzaba a aburrirse, como su hermana desde hacía años. Los padres no insistieron, y los abuelos se limitaron a añorarlas, y a esperar el momento en el que otros deberes (la vejez, los entierros, la necesidad imperiosa de alejarse y recuperarse de alguna pena) se las trajeran de nuevo.

Él regresó con cestas y cestas de manzanitas rojas y menudas que duraron todo el invierno y parte de la primavera. Contó que la abuela había sufrido un accidente grave; cuando volvía de la iglesia se cruzó con las vacas, que regresaban a la cuadra; la *Mora* la enganchó y la arrastró varios metros. La cornada casi afectó al pulmón. La pequeña palideció, porque nadie había dicho nada. La abuela estaba ya restablecida. No vendieron a la *Mora* porque estaba preñada, y además, tuvo dos terneros. La pequeña se desesperaba; las vacas nunca tenían becerros mellizos. Aquel animal no saldría jamás de la casa.

Había otras muchas cosas en las que, de pronto, podía gastarse tiempo. Como si llevara mucho tiempo dormida, se desperezó, miró a su alrededor y se interesó por el mundo.

Sus amigas tampoco se marchaban de vacaciones: permanecían en la ciudad, se reunían cada tarde y durante horas charlaban, se pintaban las uñas, se echaban el tarot en el que las preguntas se repetían una y otra vez, hasta que el chico que les gustaba les correspondía, o estudiaban la carrera que deseaban, o lograban adelgazar.

La hermana también vivía su vida. Por primera vez, ya no era tan inteligente a los ojos de los demás, y suspendía una, dos asignaturas en la universidad cada junio. Su novio la acompañaba, veía la televisión con ella. No se quedaba nunca a dormir. Aunque lo hubiera hecho, la pequeña no los hubiera delatado. Ante ciertas cosas prefería cerrar los ojos. Le azoraban los detalles de sus amigas, los besos con lengua, los rumores de que en el viaje de estudios una de sus conocidas había pasado la noche fuera. Su mente se conformaba aún con lo que imaginaba, no con lo que veía.

La madre se lamentaba de que creciera tan deprisa. No le gustaban sus amigas; las encontraba vulgares, demasiado espabiladas. La pequeña las elegía precisamente por eso. Se esperaba de ellas que no fumaran, y que regresaran a la hora fijada. La ropa, el maquilla-je, no sabían controlárselo. Salían a la calle con los ojos brillantes, los labios de un rosa pálido, y los mechones de pelo estratégicamente desordenados. Las faldas no podían ser más cortas, ni los bolsos más pequeños.

Se sentía desconcertada, no deseaba volver al instituto, pero se sorprendía añorándolo, no soportaba a los niños, pero le aburrían los mayores. Le hubiera gustado crear un club único, sólo chicas, en el que protegerse. Un internado. Un largo viaje alrededor del mundo. En un jarroncito sobre una estantería guardaba las plumas que había recogido en la casa de los abuelos, pero las miraba sin ver ni recordar, como si formaran parte de la pared.

No sabía si los chicos la miraban, porque ella sólo se volvía cuando ya habían pasado, y de sus amigas, en esos temas, no podía fiarse. Tampoco ella decía la verdad. Deseaba tanto que las predicciones del tarot se cumplieran, que hacía lo posible para adecuarse a ellas. Una vez preguntó por su primo. A sus amigas les pareció de mal gusto, y no aceptaron la consulta.

Pasó un año más, veloz, con un diario que marcaba cada paso, para recordarlo siempre, porque su memoria era quebradiza y desigual. Se emborrachó una vez, pero logró que sus padres no la descubrieran. Sintió una vergüenza infinita cuando vomitó y volvió a ser ella misma, pero al siguiente fin de semana lo hizo de nuevo, y escuchó la sangre y el mareo que le invadía desde el primer sorbo. Tuvo dos relaciones breves, que no pasaron de tres fines de semana, con dos chicos que no le dejaron más huella que enseñarla a besar. No se atrevía a ir más allá. En eso, como en casi todo, culpaba a su madre, que la había educado con miedo y prohibiciones.

Los estudios flojearon, los jueves se convirtieron en un día más del fin de semana, y apenas pasó el curso con notas mediocres. La edad, decían. Ella no lo comprendía. ¿No había sido siempre así?

El verano siguiente no pudo negarse. Llevaba ya dos años sin ver a los abuelos, cuánto más vivirían, es que no se sentía culpable. La madre no la escuchó, el padre no se puso de su parte. Acompañó a sus padres, se despidió de su hermana, que había suspendido de nuevo, con envidia y los ojos entornados.

Regresó al campo convertida en una mocita reflexiva. Había cumplido dieciséis años, pero no se engañaba, ni la engañaban: no era hermosa, ni lo sería nunca. No crecería. Sería siempre menudita y pequeña, algo mezquina, poco generosa, lenta de reflejos y propensa a las pesadillas. Miraba a su alrededor, y apenas entendía que hacía de regreso allí, a una casa en el pasado.

Los abuelos habían envejecido; el abuelo, que padecía de la garganta, se alimentaba de líquidos y dormía ahora en la habitación de la alfombra de piel. La abuela caminaba muy despacio hacia el jardín y cortaba las rosas para que los jarrones continuaran en su lugar. El primo, cada vez peor, apenas podía mover las manos. De eso, nuevamente, no se hablaba, aunque nadie callaba en la casa. Hablaban de una carretera que atravesaría las tierras; hablaban de talar los antiguos árboles y suplantarlos por especies más rápidas. A ella se le anudaba el pecho oyendo. Sentía que estaba bien que ella cambiara, pero no sabía cómo llorar de pena porque lo otro, lo de siempre, lo de fuera, ya no fuera igual.

Ya no salía tanto de la casa. El sustituto de *León*, un perrazo negro y medio loco, no invitaba a los paseos. Leía, sentada en la galería, al sol de la tarde, y escribía, a veces, largas páginas de diario, imaginarios mensajes de amor a chicos imaginarios. Rehuía a los mayores, tenía poco de lo que hablar con el primo, que pertenecía ya a otro mundo: el de la enfermedad y la muerte.

Y una tarde, cuando las maletas comenzaban a cerrarse, en un arranque de nostalgia, se marchó sendero abajo, con una vara en la mano y un recipiente de metal en la otra, para recoger moras, como hacía antes. Sin reparar en ello, cruzó frente a la alambrada de las vacas. Le bajó un temblor a la garganta cuando reconoció a la *Mora*, tumbada, consciente de su papel de reina rumiante. Y miraba a la pequeña con ojos enrojecidos y húmedos. Ella le sostuvo la mirada, y luego rebuscó entre las zarzas. Tardó mucho tiempo en regresar, recolectó tesoros con calma. De vez en cuando, se volvía para observar de nuevo a la vaca. Abarrotó el cazo de fruta; se llenó los bolsillos de abruños amarillos y morados. Ella y la madre se marcharon al día siguiente; su padre aún tardó diez días.

La misma noche de su llegada, el padre entró en la cocina y sonrió.

—Estarás contenta; al fin vendieron a la *Mora* al matadero.

Ella levantó la cabeza. Intentó sonreír a su vez. Los dieciséis años le parecieron muchos. Hacía siglos que no era ya una niña. Se había convertido en el testamento, la confidente, de la vieja vaca negra.

CARME RIERA

El cuerpo embarazado
(Fragmentos de un diario de embarazo)

CARME RIERA (Palma de Mallorca, 1948) es narradora, ensayista y profesora universitaria. Su primer libro fue el celebrado *Te deix, amor, la mar com a penyora*, al que siguieron *Una primavera per a Domenico Guarini*, premio Prudenci Bertrana de novela 1980, *Joc de miralls*, premio Ramon Llull 1989, *Dins el darrer blau*, premios Josep Pla 1994, Joan Crexells, Lletra d´Or y Nacional de Narrativa, *La meitat de l´ànima* y *L´estiu anglès*. Ha escrito, entre otros, el estudio *La escuela de Barcelona*, Premio Anagrama de Ensayo.

El predictor acaba de confirmar lo que ya suponía: estoy embarazada. Hoy es martes 23 de septiembre.

Mientras esperaba a F. no anoté nada. Ahora, sin embargo, siento la necesidad de dejar constancia escrita de los cambios que irán operándose en mi cuerpo, condicionado por el de otro ser que está dentro de mí, de aprisionar entre las páginas de este cuaderno el tiempo compartido con el deseo de regalarle algún día a mi hijo o hija las horas que vivimos y los espacios que cruzamos juntos.

23 de septiembre

Parece que son las situaciones extraordinarias las que a menudo llevan a escribir diarios. Un viaje, una enfermedad, una guerra han generado diversos. Por eso es raro que el embarazo no haya servido de excusa para escribir algunos. Que yo sepa no existen, o al menos no han sido publicados.

Uno de los pocos que conozco, el *Libro de familia* o

Libro de los niños de la señora Hester Lynch Thrale, en cuyas páginas fue anotando la duración de sus sucesivos embarazos, las enfermedades y desarrollo de sus doce hijos, no me lo parece. Es más bien un inventario. No hay descripción, sólo enumeración. No hay desmenuzamiento de sensaciones ni de vivencias íntimas, no hay emoción. Constata situaciones, casi siempre minucias, de manera fría, objetiva, clínica: A Fulanito se le ha caído un diente, Menganito ha tenido la escarlatina.

¿Por qué las mujeres no hemos escrito diarios de gestación? Tal vez porque este hecho extraordinario ha sido considerado como el más ordinario de la vida femenina, ya que nuestra misión primordial era la reproducción. Es posible que a partir de ahora los diarios de espera proliferen. A punto de llegar al siglo XXI las mujeres hemos conseguido la capacidad de observarnos como objetos, siendo a la vez sujetos. Hemos dejado de ser anónimas, hemos conseguido manifestar nuestra identidad.

24 de septiembre

No recuerdo el día, tan sólo la estación: una primavera bellísima anticipada a marzo, con mimosas en todo su esplendor, ramas repletas de diminutos botones amarillos, como si hubieran florecido para abrochar infinitas camisillas de recién nacido. Botones de mimosa llenando mi retina, el estómago revuelto y un sueño infinito. Pensé que se trataba de un empacho complicado con una astenia primaveral tan típica. Pero no, era mi primer embarazo.

La cercanía me lleva, en cambio, a saber con exactitud casi el minuto. La gran luna de agosto, que siempre me hace pensar en la de la fragua de Lorca: «El niño la mira, mira, / el niño la está mirando…», entraba en la habitación por las rendijas de las persianas y el ruido de las olas mentía, como nunca, proximidades inaccesibles. La luna de un 14 de agosto, el santo de papá, y la magia del Teix, la gran montaña protectora. La noche olía a jazmines y a dondiego.

¿Tendrán características especiales los niños engendrados por amor en una noche de verano y luna llena? Estoy absolutamente segura de que todos esos factores no son casuales, sino motivados por una suerte benéfica.

25 de septiembre

F. está mucho más preocupado que yo. A él no le apetece demasiado ser padre otra vez. Eso de empezar de nuevo le parece un latazo. A mí, en cambio, no me importa, al contrario. Me siento ahora mucho más fuerte, más segura, y hasta más responsable. Algo positivo debemos de ganar al madurar. De adolescente —a los veintipocos lo era— apenas pude disfrutar de mi estado. Me encontraba demasiado mal y tenía demasiados problemas entonces con la tesina a medias y la insegura vida de PNN a cuestas. Ahora —¡qué coincidencia!— estoy terminando la tesis. Menos mal que sólo me falta rematar a J. A. G.

Mi único temor es que no soy una gestante veinteañera, sino treintañera, casi cuarentona —¡horror!—, y que a partir de los treinta y cinco los riesgos son cada vez mayores. Creo que no soportaría tener un niño o una niña deficientes. No me siento con fuerzas.

Le he pedido hora al ginecólogo, el lunes a las 6. Aún no se lo hemos dicho a F. Imagino su cara de príncipe destronado y me preocupa.

26 de septiembre

Quienes les han visto les describen con una cabeza redondeada, más bien plana y una larga cola que se agita furiosa como en una danza frenética. Pese a su aspecto más bien ridículo, parecen muy agresivos. Se cuentan por cientos de miles de millares, entre sesenta y quinientos millones. Está claro que ninguna escuadra pudo juntar jamás de los jamases tantos guerreros, ni combate naval reunió en todo el universo tanta multitud… En la oscura cavidad, el ataque de los invasores aún no ha comenzado pero lo preludia el movimiento de tropas. Avanzan atropelladamente en las tinieblas. Intentan ganar otro medio acuoso menos ácido que éste tan insalubre que muchos son incapaces de resistir. Los que aún sobreviven tratan, enfebrecidos, de remontar hacia otras regiones más abrigadas y estrecho arriba buscan espacios menos perniciosos que les permitan dejarse arrastrar por la corriente. Sólo los más fuertes no se arriesgan en vano. A medida que pasan las horas el número de bajas aumenta y cada vez son menos los supervivientes. Quienes consiguen llegar han tenido que abrirse paso, apartando cadáveres con el horror de correr la misma suerte que la mayoría de sus compañeros. Los más fieros esperan, emboscados, sin dejar de mover el largo flagelo que los distingue, preparados para la embestida final. No saben que, cuando llegue el momento, sólo uno entre tantos millones conseguirá la presa codiciada. Sólo uno penetrará en la nave del tesoro. Deberá tirarse de cabeza para entrar y en ese instante perderá para siempre la larga cola que tan útil le fue para el camino, pero a cambio, habrá conseguido su Dorado particular.

Lo que empieza entonces se llama vida, y todos esos antecedentes de tu historia, ahí, en las cavidades uterinas quizá anticipan muchas cosas de las que vendrán después y que te esperan cuando salgas fuera convertido de espermatozoide en ser humano: competitividad, agresividad, riesgo, aunque no te gusten ni me gusten a mí.

27 de septiembre

Domingo tranquilo, casi otoñal. El aire trae olores dulces, a membrillos de la infancia. Me molesta el tabaco. Ése parece un síntoma inequívoco, me ocurría también la otra vez.

Trabajo poco esta tarde, menos de lo que debiera. El embarazo me obliga a intensificar el ritmo. Debo presentar la tesis en enero, pero hoy me tomo un descanso. Busco entre mis libros alguno que trate de la maternidad. Me apetece saber cómo otras mujeres han vivido esta maravillosa y a la vez terrible metamorfosis.

Casi por casualidad hojeo un volumen de historia. Me entero de que las primeras pinturas de figuras humanas que nos han llegado pertenecen a veinticinco mil años antes de nuestra era y son exclusivamente femeninas. Imágenes simples, sin cabeza, vistas de perfil, a menudo sin brazos, incluso sin piernas. Son pechugonas con prominentes nalgas y grandes caderas. Siempre están solas o acompañadas de otras mujeres, nunca con hombres. Me pregunto por qué no hay hombres. La respuesta no está clara. Algunos historiadores consideran que la presencia femenina se basa en la preeminencia de la mujer como sustentadora de la especie durante el Paleolítico Superior. En el bajorrelieve del yacimiento de Lausel, por ejemplo, se descubrieron diversas imágenes de mujeres, algunas en posición de coito o de parto y otras portando el cuerno de la abundancia. Igual que aquí, muchas de las manifestaciones artísticas de este período se centran en la fecundidad femenina. Al parecer, se pretendía así exaltar la fertilidad, pero la obsesión por la mujer y la magnificación de sus atributos reproductivos: pechos y vientres prominentes, tuvo que ver, posiblemente, con la simbología religiosa. Tal vez aquellas sociedades fueran matrilineales, basadas exclusivamente en la relación madre-hijo. Los investigadores, sin embargo, consideran —de todos modos son casi siempre hombres— que no hay pruebas suficientes para afirmarlo. Incluso algunos aseguran que a los primitivos no les preocupaba la conservación de la especie y practicaban el infanticidio.

Sea como fuera, la obsesiva presencia de la mujer en las cuevas paleolíticas parece indicar la alta consideración en que era tenida entonces.

28 de septiembre

El ginecólogo alude, campechano, a que hay muchos embarazos debidos a descuidos. Le digo que no es el caso, que llevo tiempo intentándolo, que me apetece mucho tener otro hijo, pero que aun así, el hecho de que pueda ser anormal me quita el sueño.

Me asegura que en cuanto sea factible me hará una amniocentesis. Con ella podrán descartarse un montón de riesgos. Me pesa. ¡Qué espanto! Casi 58 kilos. Me manda hacer una analítica completísima. En cuanto tenga los resultados deberé verle otra vez. Luego, su enfermera me da una lista de recomendaciones. Insiste sobre todo en una buena dieta. Es importante no pasarse de peso. La verdad es que me hunde en la miseria. Pensaba aprovechar mi nuevo estado para comer todo lo que engorda y es tan rico. Bocadillos, pizzas, bombones y esas patatitas asadas tan deliciosas con alioli.

Tampoco puedo tomar alcohol… El alcohol atraviesa la placenta y perturba el metabolismo, según leo en el papel impreso que me ha dado la enfermera. El alcoholismo de la madre es responsable de un montón de malformaciones, además de retraso mental. Los recién nacidos de madres alcohólicas —no dicen nada de los que tienen padres alcohólicos— presentan características físicas particulares: frente abombada, nariz aplastada, coeficiente mental bajo mínimos. No obstante, si no recuerdo mal, Beethoven tuvo un padre alcohólico y una madre tísica… Como genio parece una excepción que confirma la regla. Me abstendré, qué remedio. De igual modo, también deberé moderarme en tomar café. Menos de dos tazas al día. El abuso de café también puede tener consecuencias negativas, y como el tabaco, induce al raquitismo.

No me acordaba de tantas contraindicaciones, ¡qué barbaridad! Desde el primer embarazo han pasado catorce años.

29 de septiembre

Hace más de un mes que mi cuerpo vive sólo pendiente de otro cuerpo en estricta sintonía interior y se va transformando al mismo tiempo que aquél se transforma. El vientre voluminoso, que resulta tan poco atractivo, es también un claro indicio de pertenencia, una evidente señal de ocupado. La aparatosa marca de una nueva vida entrometida. Mi cuerpo me parece ahora sólo en parte mío. Durante nueve meses —ocho ya— únicamente una sutil membrana va a separarlo del cuerpo que crece en mi interior, y que se metamorfoseará, metamorfoseándome. Mi cuerpo irá dejando de ser un cuerpo para ser contemplado con agrado o con deseo. Imposible gustar a nadie con ese aspecto cada vez más panzudo. Me doy cuenta de que mi cuerpo aumenta, indiferente a los ojos de la gente, pendiente sólo de un ser que aún no tiene ojos.

30 de septiembre

Compro un montón de libros sobre embarazos y embarazadas. Todo lo que encuentro. Me dispongo a nutrirme de bibliografía *ad-hoc.* En el tren de Sarriá, camino de casa, comienzo a hojearlos. Ahora, después de dos horas de leer, me doy cuenta de que todo lo que he podido conseguir no es otra cosa que una especie de guías dirigidas a futuras madres, sospechosas de ser un poco cortas de alcances, o quizá de andar sobradas de ingenuidad. O tal vez no, ni siquiera. Se trata de entes de ficción, moldeados a imagen y semejanza de los divulgadores científicos que las han escrito. Me molesta especialmente el tono paternalista, rancio y cursi a la vez, que suelen usar.

Le he pedido a Pablo, mi librero de confianza, alguna novela interesante que trate de la maternidad pero sólo recordaba obras sobre abortos.

1 de octubre

Parece ser que desde la quinta semana has desarrollado un montón de reflejos. Desde la octava mueves la cabeza, el tronco y las extremidades. Tus movimientos traducen tus intereses, pero yo soy todavía profana en tu lengua.

2 de octubre

Un niño es una cuestión paterna. Si nosotras las mujeres nos reprodujéramos entre nosotras, engendraríamos sólo mujeres, pero para que nazca un nuevo ser —hombre o mujer— se necesitan unos cromosomas de procedencia masculina y otros de procedencia femenina. Eso quiere decir un código genético que en una exacta equivalencia del cincuenta por ciento se traspasa al embrión, producto de un óvulo determinado y un determinado espermatozoide. Ésa es la demostración más palpable de que, por ahora, hombres y mujeres contribuimos de una manera equivalente a la formación de la vida humana. Las mujeres, además, nos encargamos de desarrollar, dentro de nuestro útero, ese nuevo ser. El descubrimiento de la formación del zigoto y, en consecuencia, del comportamiento de los espermatozoides y del óvulo, es muy reciente, sobre todo si tenemos en cuenta los millones de años que han tenido que pasar hasta llegar a ese descubrimiento. Como aquel que dice, es de antes de ayer, y hasta antes de ayer se consideraba que la mujer era sólo una especie de cavidad, un poco de tierra a la espera de ser sembrada. La simiente que hacía germinar dentro de sí era de exclusiva procedencia masculina. Pero la ciencia, que curiosamente siempre ha estado de nuestro lado, demostró que la vida se originaba de otra manera.

Gracias a ese descubrimiento nuestra consideración de mujeres ha mejorado bastante. Ahora todo el mundo sabe que no sólo somos cestos más o menos acogedores, jarrones más o menos delicados. Ahora, además de eso, colaboramos en una exacta medida en la generación de nuestros hijos, *los hacemos* conjuntamente. Ese aspecto tan importante que refuerza nuestro papel biológico no se manifiesta suficientemente. Todavía prima en los comportamientos sociales la concepción aristotélico-tomista: dado que a menudo seguimos siendo consideradas sólo receptáculo, depósito de la simiente masculina, somos tenidas como inferiores.

3 de octubre

Te imagino como una criatura, pero todavía no eres otra cosa que un embrión, un cómputo celular: veintitrés X cromosomas míos, con veintitrés X o Y cromosomas ajenos, en los cuales aparece escrito un código genético. De este código genético depende tu sexo, el color de tu pelo, el de tus ojos, incluso tu inteligencia. Del código genético y del azar, el azar que permitió que solamente un espermatozoide llegara a penetrar en el óvulo para siempre. Pero aunque sólo uno lo consiguiera, con él comparecieron un montón de huellas de antepasados. Huellas de gentes desconocidas que hace miles y miles de años tal vez intuyeron que llegarían a ver un mundo diferente gracias a ti, su lejanísimo descendiente. Hace miles de millones de años, en el cobijo de un bosque o en el de una playa hospitalaria, un hombre y una mujer, mientras hacían el amor quizá sospecharon que tú prolongarías su existencia.

4 de octubre

Diario: Espacio de libertad. Sin ataduras, sin límite, sin estilo, sin censura. Y no obstante, en el espejo de la nada, del sin, del papel en blanco, necesitamos también una imagen gratificante. Nos autocensuramos sin querer. Buscamos nuestro lado más favorecido. Absurdo. Lo que me interesa ahora es lo que sucede dentro de mí. Lo que pasa ahí donde no hay ni espejo ni reflejos. O quizá sí, el espejo del agua, la corriente por donde avanza la vida, cortocircuito, chispa.

Íntimo viene de *timor*, temor en latín. Íntimo, aplicado a aquello que es lo más interior de cualquier cosa. Intimar: introducirse en los cuerpos a través de los poros o espacios vacíos. También introducir temor. Intimidad tiene que ver con interioridad, con aquello que se guarda en el interior, en consecuencia, contigo, que estás dentro de mí. Tú eres mi mejor intimidad.

Diario íntimo: Espacio abierto y a la vez lugar donde se encierra el temor. El espacio del temor, del temor preso, del temor vencido.

5 de octubre

✴

Recojo los resultados de la analítica para llevárselos mañana al ginecólogo. Abro el sobre enseguida que salgo a la calle. Todo está en orden. Me parece una estupidez y un absurdo que los analistas, los radiólogos, los electros, todos los médicos que trabajan para otros médicos, a petición de («¿Trae la petición? —te preguntan siempre las enfermeras—. Sin la petición de su médico no le podemos dar hora», etc.), te impidan saber los resultados directamente. Los mandan en sobres cerrados, lacrados incluso, al colega que se los pidió y te escamotean el hecho de conocerlos inmediatamente a pesar de que tú, como paciente, seas la primera y máxima interesada. La explicación tiene, no obstante, su lógica. En ese papel de intérpretes absolutos de la ciencia recae una de sus principales prerrogativas, como los curas con la divinidad. No en vano cumplen funciones parecidas.

6 de octubre

El ginecólogo me prohíbe comer jamón. Ha detectado que no tengo anticuerpos de toxoplasmosis. Coger una toxoplasmosis podría ser del todo perjudicial para ti. Podría incluso provocarte retraso mental o lesiones oculares. Tampoco puedo comer *steak tartare,* ni ningún plato que tenga como ingrediente carne de cerdo cruda. Ah, y dice que evite el contacto con los gatos, especialmente con sus excrementos. Le haré caso, claro está. Los gatos no son un peligro porque no hay ninguno en casa y hace mucho tiempo que no veo a A.M. que antes tenía varios. La cuestión del jamón es más difícil, porque me gusta mucho pero, qué remedio, obedeceré.

8 de octubre

Empiezo a tomar un complejo vitamínico color de peúco, mitad rosa, mitad azul —¿será niño o niña?—, y píldoras de calcio y pastillas de hierro que me receta el ginecólogo. Mañana por la mañana le pediré hora al dentista. Es necesario prevenir posibles caries. A la madre de M. cada embarazo le costó una muela, y tuvo siete hijos. Cuando la conocí lucía una espléndida dentadura postiza. Los embarazos repercuten directa y negativamente en la boca. Me hago cargo ahora de la importancia que los poetas daban a las *perlas* con las que hacían sonreír a sus damas, porque está claro que muchas mujeres debían de andar por el mundo muy melladas. Conservar la boca con todas sus piezas era excepcional y, por tanto, digno de hiperbólicas alabanzas versificadas.

9 de octubre

Fracaso total ante el espejo: la piel ha perdido elasticidad, la noto tirante, mucho más seca. He tomado demasiado el sol este verano, y a eso, que es siempre malo, hay que añadir el alúd de hormonas del embarazo que en los primeros meses apagan el tono, aunque después del cuarto mes te compensan —dicen— dándote un cierto brillo, un glamour inesperado. A pesar de eso, y deseando que el glamour llegue, he comprado en la farmacia cremas hidratantes, incluso para apagar la máscara del embarazo que todavía no me afecta. Tener el remedio cerca, al alcance de la mano, me da seguridad. Cuando esperaba a F., de pronto, un buen día me descubrí llena de pecas, llena de manchas oscuras e irregulares. Enseguida que nació el niño fueron desapareciendo casi todas, pero algunas todavía las conservo. Se quedaron, a gusto, instaladas en el pómulo izquierdo.

11 de octubre

El camino que debe recorrer un espermatozoide para llegar hasta el óvulo, en proporción a su escala, equivale a veintisiete kilómetros. Sólo los campeones lo consiguen.

12 de octubre

Enhebro palabras para coserte al vestido de la vida. Un tambor de luna, el folio en blanco. Cuaderno para bordar la ropa que aún no necesitas. Palabras muletas, puntales de la casa de la memoria. Notas que llenan las horas vacías, sin apenas acontecimientos. Constataciones del día a día, para preservar la cotidianeidad de la devastación temporal, para expandir hacia fuera tu vivir intrauterino.

13 de octubre

ÁNGELA VALLVEY

Los dummies

ÁNGELA VALLVEY (San Lorenzo de Calatrava, Ciudad Real, 1964) es poeta y novelista. Entre sus novelas figuran *A la caza del último hombre salvaje, Los estados carenciales*, galardonada con el Premio Nadal 2002, *No lo llames amor, La ciudad del diablo* y *Todas las muñecas son carnívoras*, traducidas a numerosas lenguas extranjeras. Entre sus libros de poemas destacan *El tamaño del universo*, Premio Jaén de Poesía 1998, y *Nacida en cautividad*, IV Premio Ateneo de Sevilla de Poesía. Colabora habitualmente en la prensa, la radio y la televisión.

1

La mañana en que todo su mundo comenzó a hacerse pedazos reparó por primera vez en que los días habían comenzado a ser más cortos, todavía más de lo que a ella se le antojaban normalmente. De alguna manera, había cierta oscuridad por todos lados, y era como si el universo entero se estuviera empequeñeciendo. Los días, su vida y la vida de las cosas que la rodeaban.

Aunque May era una mujer todavía joven, se sentía vieja y cansada desde hacía tiempo, como si llevara siglos arrastrando el peso de su cuerpo por ahí. En realidad, ésa era la imagen que tenía ahora de la vida: la de una interminable y áspera pista de rodaje por la que se veía obligada a conducirse como si creyera que habría de llegar a algún sitio el día menos pensado.

La piel se deslucía un poco bajo sus ojos, sombreándolos con un sutil tono de ceniza, y tenía el pelo de un color azafranado. Estaba pálida, tenía aire desaliñado y se asemejaba mucho a una modelo de uno de esos anuncios que advierten del peligro que supone consumir drogas. Entrecerraba a menudo los ojos, como si estuviera constantemente soñolienta, y el humo mortecino que aún despedía el tostador la hacía lagrimear. Primero, cayó una lágrima pequeña y de brillo metálico que se diluyó por su pómulo derecho. Le escoció, y la sensación de picor por su mejilla le resultó de repente tan dramática e injusta que descargó un caudal de lágrimas consecutivas. Hipó y después prorrumpió en una serie de gemidos apagados y convulsos que la hicieron temblar y agitar los hombros.

Sí, todo era diminuto últimamente, excepto ese hueco que sentía ella por dentro, como una enorme y enfurecida planta de vacío aposentándose en su interior, royendo lo que ella era, si es que era algo.

Salió al pasillo y, pensándolo mejor, se dirigió de nuevo a la cocina con la intención de prepararse un café. Echó los restos de una tostada sobre un plato sucio del desayuno y se sonó la nariz ruidosamente utilizando una servilleta de papel decorada con cafeteras rosas y gordezuelas que, no contentas con eso, además sonreían de forma radiante.

Cuando metió la tacita llena de agua en el microondas, cerró la puerta y contempló vagamente desde la ventana los árboles de la calle. Álamos, sauces y castaños de Indias amarillentos y desgarbados, ni siquiera lo bastante frondosos como para aliviar a los viandantes del rigor de los veranos, o permitir que los coches se estacionaran en la misma puerta de las casas con la seguridad de un relativo frescor. Sus ramas ondeaban al viento de la mañana con la laxitud de brazos infantiles incapaces de soportar mucho peso. El color de las hojas oscilaba entre el amarillo metálico y un verde pútrido y triste que recordaba al de una vieja ensalada olvidada dentro del refrigerador.

La noche anterior habían pasado una película de Van Damme por el canal local de televisión, a las diez de la noche. May recordaba lo que había dicho uno de los personajes: «Adoro este mundo, me encanta la miseria». En la guía de TV el crítico decía que el filme era «una fábula futurista más para que veamos qué tremendo y desolador será el porvenir que dejaremos a nuestros hijos, si es que alguien se decide por fin a tenerlos. No merece la pena quedarse sentado en el sofá viendo este bodrio. Recomiendo que, en vez de sufrir el pase de tamaño engendro de película, salga todo el mundo de sus casas a visitar a sus madres: será igual de horrible y no habrá que aguantar pausas publicitarias».

Transcurridos quince segundos, el microondas dejó escapar una especie de *dorring-tin*, una advertencia musical que anunciaba que la puerta podía ser abierta. Tanta delicadeza, pensó May, en la actualidad sólo cabía esperarla de los electrodomésticos.

El agua estaba hirviendo a borbotones y, como de costumbre, se quemó los dedos al intentar agarrar el asa de la tacita. Cogió un guante de cocina y la sacó con dificultad del interior del habitáculo. May no sabía por qué fabricaban los guantes de cocina como si se tratara de guantes de boxeo: incómodos, sin dedos, de un paño grueso y desagradable al tacto, y con estampados tan floridos y recargados como intranquilizadores. A ella no le resultaba fácil mirar un guante de cocina colgando sobre los azulejos, le producían desasosiego. Los fabricantes tenían gustos poco sobrios. Cuando logró hacerse por fin con la taza de agua humeante, derramó una poca sobre el guante y notó el ardiente calor traspasándose hasta su mano, resbalando por el dedo índice hacia el ángulo de frágil carne que formaba con el pulgar. El dolor fue breve y malévolo.

En ese momento, sonó el timbre del portero automático. El telefonillo de la entrada estaba instalado junto a la ventana de la cocina, de manera que podía verse a quien quiera que estuviese pulsando el botón de la cancela de entrada. De ese modo podían evitarse visitas indeseables, pedigüeños y vendedores pelmazos, por el sencillo método de no contestar cuando no convenía hacerlo.

Mientras se chupaba los dedos doloridos y escaldados, May miró fugazmente a través de los visillos de lunares. El seto de la entrada empezaba a crecer; pronto entorpecería la visión de la puerta. May pensó que debería decirle a Noel que lo recortara, pero conociendo la aversión de su marido a podar cualquier cosa que estuviese firmemente anclada en la tierra por medio de raíces —«¡por Dios, déjalo que crezca!; las plantas *tienen* que crecer…», decía él siempre—, creyó que quizás debería hacerlo ella misma, y tomó nota mentalmente de un nuevo deber que, quince minutos después, ya habría olvidado.

Unos metros de jardín separaban la valla metálica de la propia puerta de la casa, por eso era fácil atisbar la figura que llamaba. ¿Quién sería esta vez?

2

Sólo pudo distinguir, entre los hierros torneados de la puerta y las ramas alocadas y exasperadamente vitales del seto, una nuca que se retorcía bajo el cuello de una camisa gris metálico. Oyó un estornudo que provenía sin duda de detrás de la misma nuca, que se agitó con un espasmo. Hacía frío aquella mañana de finales de octubre y, aunque los días eran soleados porque el anticiclón de las Azores estaba instalado sobre la Península, el viento del norte había hecho bajar los termómetros. Las predicciones meteorológicas decían que todo continuaría más o menos igual durante un par de semanas: sol, frío, viento y ni una gota de lluvia.

La calle estaba vacía, salvo por los coches aparcados ordenadamente frente a los garajes de las casas, que tenían pintados letreros amarillos y rojos de «PROHIBIDO APARCAR» de un aspecto pretendidamente intimidador. Lo cierto es que apenas persuadían a nadie de no hacerlo, y los propios dueños de los garajes se veían obligados a colocar sus coches delante para no dejarle el sitio a algún extraño. Aquélla era una de esas calles atestadas de automóviles alegremente abandonados en zonas prohibidas para aparcar por las mismas personas que decidían que estaba prohibido aparcar allí.

Había papeles y hojas arremolinadas sobre las aceras, junto con heces secas de perro y alguna lata vacía de cerveza que rodaría interminablemente como un transeúnte hierático y torpe en espera de ser recogido por algún empleado del ayuntamiento.

—¿Quién es? —preguntó May, con cierta cautela.

Nunca sabía cuándo debía abrir a los desconocidos y cuándo no. Podía ser algún vecino —no los conocía a todos, a pesar de llevar cinco años viviendo en aquel barrio—; podía incluso tratarse de alguien en apuros, en verdaderos apuros: «Mire, acaba de morir mi mujer, ¿tiene teléfono? Estoy desesperado…». Podría ser un cariñoso pariente lejano. O tal vez algún sádico que sabía que ella estaba sola todos los días laborables a partir de las ocho y media de la mañana…

Se oyó un carraspeo al otro lado del telefonillo y luego una voz aflautada y llena de importancia, que respondió con bastante rapidez y un deje autoritario al estilo de los dentistas —cortés, pero firme—, aunque May apenas entendió la respuesta.

—¿Cómo dice? —preguntó ella de nuevo.

—Por favor, abra. *Inspeccióndesanidad* —contestó la voz.

¿Qué sería aquello? ¿Problemas con el gas-ciudad? ¿El alcantarillado? ¿Alguna tubería atascada? No creía que fuera por la mahonesa casera, ¿verdad? Ella la compraba casi siempre envasada y, a fin de cuentas, tampoco era como si tuviese un restaurante y los del Ayuntamiento se hubiesen acercado a revisarle la despensa. Vivía en su casa particular. ¿Qué pretendían, pues, fisgonear en su nevera?

—No entiendo —balbuceó.

—¡Abra!

—Ya, ya… Empuje.

Presionó la lengüeta del teléfono y un zumbido impertinente indicó al visitante que se abría para él la cancela. Entonces lo vio avanzar sobre la grava del jardín. Un hombre de unos treinta y cinco años, vestido como un mormón: traje de chaqueta oscuro, camisa blanca y corbata negra, calcetines oscuros y un corte de pelo reciente. Así se vestían también los encargados de los supermercados. Los hombros de la chaqueta le venían demasiado estrechos, y las perneras del pantalón daban cuenta de que el individuo, o bien acababa de pasar por un periodo de fuerte crecimiento o bien su vestimenta había encogido dos tallas por lavarla en casa y tratar de ahorrarse la tintorería. Llevaba un maletín de polipiel marrón en la mano derecha, y con la otra sostenía un pañuelo, que otorgaba en conjunto la absurda sensación de que era un hombre desgraciado.

El sujeto pulsó el timbre de la puerta de casa, por fin. May, al otro lado, se pasó la mano por la frente, se ahuecó el pelo y se dispuso a abrir con una sonrisa. Más valía —de veras, más valía— que aquel tipo no hubiera ido a detenerla por algún crimen que ella ignoraba haber cometido. Y, sobre todo, más valía que no fuera uno de esos locos de las *true story* televisivas norteamericanas, porque aquella mañana ella no estaba en absoluto para violaciones ni descuartizamientos. No señor, no lo estaba.

—Buenos días —saludó el hombre, ceñudo, cuando ella abrió la puerta, como si en realidad pensara que no eran buenos del todo.

Ella vaciló. El hombre era alto y resoplaba. Tenía unos ojos azules muy oscuros, rodeados de arrugas finísimas, y los labios carnosos, curiosamente femeninos y sensuales.

—Hola —dijo May por fin.

—¿Es… —preguntó él—, es usted la criada?

May se rebulló nerviosa y se aferró a la puerta. De acuerdo, no tenía muy buen aspecto. No había dormido mucho la noche pasada y, ahora que lo pensaba, se le había olvidado peinarse un poco cuando se levantó. Cada mañana con la niña, Noel y las prisas… Los tres se volvían un poco locos. Los tres se levantaban de mal humor, gruñendo y quejándose los unos de los otros. Clara, su hija de cinco años, se quejaba de su padre y de su madre. Noel, su marido, se quejaba de su mujer y de su hija. Y ella, May, se quejaba de su marido, de su hija y del mundo en general. Durante algo más de una hora la casa se poblaba de gemidos apagados, de la resaca neblinosa del sueño reciente y escaso. May conseguía levantarse después de que su hija entraba en su dormitorio y aseguraba que no le gustaba llegar siempre la última al colegio. Entonces, ella se ponía la bata sobre los hombros y bajaba las escaleras con una horrible sensación de culpa, se dirigía a la cocina y preparaba el desayuno mientras Noel vestía a Clara. Al poco,

Clara se negaba a desayunar. Miraba los cereales con furia, y siempre se manchaba con la leche del tazón. May debía vestirla de nuevo con un uniforme limpio. Todos los días era igual.

3

Cuando su marido y su hija salían finalmente por la puerta, cada mañana, se dejaba caer en una silla de la cocina, maravillándose de la mala calidad del tejido de su bata de casa, y sintiendo remordimientos. No se duchaba hasta pasadas las diez. Y aquel día eran ya las diez y cuarto cuando aquel tipo la confundió con la criada.

De acuerdo, la casa también estaba un poco por encima de sus posibilidades. El padre de Noel era propietario de una agencia inmobiliaria y, cuando la encontró, ninguno de los dos podía creer en su buena suerte. El anterior propietario era un abogado casado con una extranjera. Algo pasó entre ellos, el caso es que el banco con el que tenían contratada la hipoteca subastó la vivienda usando los servicios de una oficina municipal. La agencia de su suegro se hizo con ella y se la vendió a Noel casi por el mismo precio. Resultó un buen hogar: a precio de ganga justo cuando el mercado inmobiliario empezaba a remontar y a disparar los precios, cómodo, bonito y acogedor. Doscientos cincuenta metros cuadrados de superficie, más cien de semisótano, que podrían acondicionar en cuanto ahorraran un poco. Jardín, una pequeña piscina, árboles lo bastante crecidos como para resguardarse a sus sombras en verano; buenos colegios en los alrededores, como correspondía a un suburbio de clase media-alta en la zona norte de la ciudad. Y al alcance de sus medios: los pagos de la hipoteca apenas suponían una tercera parte del sueldo de Noel, cuando lo habitual era que una familia dedicase más de la mitad de sus ingresos a cancelar esa deuda. Desde el salón y los dormitorios podía verse la ciudad, allí abajo, como una mancha de vibrante de colores y luces vaporosas. Se diría que la tenían a sus pies...

Bueno, pero todo ello no era suficiente motivo para que un extraño la tratara como a una chica del servicio, de piel oscura y acento dulce y extraño, en un lujoso barrio residencial

May se estiró. No llevaba puesta la bata, menos mal. Se había duchado antes de acostarse la noche anterior, y aquella mañana, nada más levantarse, se puso unos vaqueros raídos y un jersey azul. Pensó que se daría otra ducha al acabar el almuerzo: después de guisar siempre le quedaba aquella mugrienta sensación de estar llena de grasa por todo el cuerpo, con los poros atascados de humo y aceitosos olores impidiendo oxigenarse a su piel.

—¿Es usted la criada? —repitió el hombre ante el silencio de May. Probablemente creía que era extranjera, quizás rusa o polaca, y que no entendía bien el idioma, porque incluso elevó la voz, como si además temiera que ella estuviese un poco sorda.

Bueno, por lo menos no parecía un violador matutino, sonrió May hipócritamente.

—Pues no.

El hombre carraspeó y se sonó con el pañuelo, lo aferraba en su mano con reticencia.

—Quisiera hablar con la dueña de la casa —graznó con su tono imperioso.

—Ya está hablando con ella.

El tipo la miró con escepticismo.

—¿De veras?

May empezó a sentirse molesta, aunque decidió mostrarse educada, como siempre. No podía evitar las buenas maneras. «Cuando no hay buenas maneras —se decía a sí misma y aconsejaba infructuosamente a su hija—, no queda nada bueno. Las maneras son lo único que mantiene en pie cierto grado de civilización sobre la Tierra. Las maneras son como un traje que la gente se pone, puedes ir bien o mal vestida, pero si quieres ir bien vestida tendrás que ponerte buenas maneras.» Y allí estaba ella, aprisionada bajo su buen traje tratando de contenerse ante un sujeto que iba mal vestido, por dentro y por fuera.

—Mire, lo siento… —logró decir al fin—, pero tengo prisa. Cierre la puerta cuando salga.

El hombre abrió los ojos, en un gesto sorprendido, y levantó la mano con que apretaba el pañuelo. De pronto, esbozó una sonrisa en su rostro malhumorado.

—Perdone si la he molestado… —se disculpó a regañadientes—, no quería ofenderla. Es que tengo que hablar con la dueña, o el dueño, de la casa.

—Le repito que soy yo —dudó un segundo—, y mi marido, claro.

—Claro.

—Dijo usted algo de sanidad.

—Sí, sí, por supuesto. Estoy avalado por el Ilustre Colegio de Médicos.

—Perdone mi curiosidad, avalado… ¿para qué? —le vinieron a la imaginación espeluznantes imágenes de un asesinato seguido de robo en su casa. Ella inconvenientemente vestida, degollada con un bisturí y tirada sobre el sofá de cretona gris del saloncito, poniéndolo todo perdido de sangre. Y la habitación de la niña, mucho más desordenada de lo que estaba normalmente, con los peluches despeinados y la funda plastificada del colchón rajada y decorada con una multitud de pequeños coágulos espeluznantes. Y todo por culpa de aquel tipo que repetía como un loco que estaba avalado por el Ilustre Colegio de Médicos para hacer todo aquello.

Hizo un esfuerzo para reconcentrar la vista sobre el sujeto que hablaba sin cesar.

—¿Podría someterla a una pequeña encuesta? —«someterla», pronunció la palabra con una dulce lentitud, mientras se frotaba con el pañuelo la mano con que sostenía el maletín. May imaginó el tipo de preguntas a las que pensaba «someterla». ¿Lee usted la prensa, qué periódicos y con qué frecuencia? ¿Cuántos electrodomésticos tiene en casa? ¿Ha abortado alguna vez? ¿Qué es lo que más le molesta de los grandes almacenes? ¿Ha engañado alguna vez a su esposo, con qué frecuencia? ¿Incluye pescado azul en su dieta? ¿Cuánto gasta mensualmente en papel higiénico?¿Y en multas de tráfico?

4

May se rebulló, incómoda.

—¿Qué clase de encuesta?

—Unas preguntitas de nada… —respondió él acercándose cada vez más hacia la puerta.

May no se movió.

—Perdone, pero… ¿para qué es esa encuesta? —insistió ella.

—Bueno, hagámosla y veremos —respondió él, sugiriendo la promesa de placeres sin fin.

Ella terminó cediendo a regañadientes. Era evidente que aquel pobre tipo tenía frío, tiritaba y su sonrisa empezaba a volverse fija, como si se fuese transformando en un tic nervioso destinado a contener el castañeteo de los dientes.

—Pregunte.

—¿Aquí? —resignado, abrió el maletín y sacó un fajo de fotocopias. Se apoyó sobre la mesa de mimbre del porche—. ¿Me permite sentarme?

—Cómo no. ¿Qué es eso de sanidad?

—Control sanitario, sí. Verá, estamos realizando una campaña local, que puede que acabe siendo provincial, comarcal y… —miró a May soñadoramente— si todo va bien espero que incluso nacional. Una gran campaña de Prevención Sanitaria. Nuestro lema es «Su hogar, su seguridad». Este rosal… —señaló detrás de la balaustrada del porche—, ¿está despiojado?

—No, no lo creo. No tiene piojos, así que no vimos la necesidad…

—Deberían despiojarlo, crecen con mucha más fuerza. Lo que iba diciendo: su hogar, su seguridad. Usted, como toda buena ama de casa, querrá que su hogar sea un lugar seguro y apacible. Pero para eso deben cumplir ciertos requisitos, usted y su hogar. Veamos si usted los cumple.

—Oiga —interrumpió May—, si está tratando de venderme un seguro para el hogar, le advierto que ya tenemos dos. Bueno, adiós… —dijo, vacilante.

—Espere… —el tipo se levantó a medias de su sillón, pero luego se dejó caer de nuevo y cruzó las piernas—, se equivoca, no quiero venderle ningún seguro.

—Entonces, ¿qué es lo que quiere venderme?

—Vayamos por partes…

—Pero me gustaría saber si quiere venderme algo. Ahorraríamos tiempo si es algo que yo ya tengo. De veras. Hace frío.

Suspiró de nuevo y cruzó los brazos sobre el pecho. Le apetecía entrar en casa, pero no estaba dispuesta a dejar pasar a aquel hombre.

—Mire, ¿qué tal si le hago algunas preguntas? —dijo él.

—Estupendo. Hágalas.

—Piénselo antes de responder, ¿vale? Por ejemplo… por ejemplo, ¿sabe usted qué es la atelectasia?

—La verdad, no —respondió May.

Él pareció sorprenderse, abriendo mucho los ojos de manera que recordaba a un personaje de las viejas películas mudas, en blanco y negro.

—¿Nooo…? —evidentemente le resultaba increíble la ignorancia de la joven. Compuso una mueca de suspicacia—. Vamos a ver, ¿qué nivel de estudios tiene usted?

—Licenciada universitaria —ella suspiró de nuevo.

El hombre abrió aún más los ojos. May sospechó que los párpados del tipo terminarían cediendo y estallando. *Cric*, sonarían desconcertados ante la fractura, *cric, criiic*.

—¿Y no sabe qué es la atelectasia? —preguntó entre incrédulo y fascinado.

—No, ¿tiene algo que ver con la tele?

El vendedor rió estruendosamente. Agitó las manos en el aire con aspecto divertido. Movía su bolígrafo como una batuta pequeña y seguía aferrando el pañuelo en la otra mano. De pronto, recompuso sus facciones y adoptó un aire de gravedad.

—No, no. Es una falta de expansión de parte o de todo el pulmón —aclaró.

—Los pulmones, ¿eh?

—Sí, y hay de dos clases —enumeró como si se las

estuviese dando a elegir a la mujer porque tuviese la atelectasia en oferta ese día—, congénita y adquirida. La congénita se detecta en los niños prematuros, y la adquirida…

—Perdone, pero ¿cómo afectará la atelectasia a la seguridad de mi hogar? No lo entiendo, yo…

—Trato de adivinar su nivel de conocimientos en lo que se refiere a las enfermedades más frecuentes a las que usted deberá hacer frente un día u otro. Podría tropezarse con ellas en el momento menos pensado. Podría usted padecerlas o podrían sufrirlas sus seres queridos. Que usted sepa reconocerlas la hará situarse con una gran ventaja respecto a ellas. Estará en condiciones de prevenirlas, o atajarlas según el caso. Ahorrará un tiempo vital en su recuperación. Su médico se lo agradecerá. Usted se lo agradecerá a sí misma. Su marido… Sus hijos…, ¿tiene usted hijos?

May no contestó, pensó en Clara con un ataque de atelectasia adquirida, esperando inútilmente que su madre la salvara de una muerte tan segura como atroz.

—En fin, cualquiera de su familia puede padecer la enfermedad, y usted puede detectarla a tiempo.

La joven se estremeció.

—Imagine que tiene usted un hijo, un buen día su hijo de dos años puede beberse medio litro de lejía antes del desayuno. ¿Qué haría usted?

—No sé… La verdad, creo que le haría vomitar.

—¡Ajá! —exclamó triunfante el individuo—, acaba usted de condenar a muerte a su hijito. El vómito está contraindicado en estos casos.

—¿De verdad?

—Absolutamente. ¿Y si el bebé se tragara el detergente de la lavadora?

—¿Darle leche? —preguntó May tímidamente.

—¡De nuevo lo ha condenado a muerte!

May empezaba a sentirse incómoda.

—Lo llevaría a Urgencias.

—Y si a su marido le da un infarto, ¿qué haría usted?

Como ella dudaba, el vendedor la dejó hundirse un poco más en un embarazoso silencio lleno de presagios, de culpa y de ignorancia.

—¡No sabría qué hacer! —el hombre se frotó la mejilla usando el extremo superior del bolígrafo, y habló pausadamente—. ¿Se da usted cuenta de que, en menos de cinco minutos, ha dejado usted morir a su marido y su hijito por su falta de información y de seguridad sanitaria en su hogar?

—Sí —confesó May—. Me doy cuenta.

5

—Pues bien… —concluyó él, triunfante—. Nada de esto sucederá si usted tiene en su hogar nuestra maravillosa *Enciclopedia médica de prevención sanitaria en el hogar.* Los mejores especialistas la avalan y la han confeccionado para usted —de pronto, sacó de debajo de unos folios un manojo de folletos lujosamente impresos a todo color, que contrastaron con la pálida blancura de éstos—. Esta obra es un lujo; ¿te puedo tutear? —la aludida hizo un gesto que podría significar cualquier cosa—. Pues bien, esto, esta enciclopedia, salvará tu hogar. Evitará que condenes a muerte a toda tu familia un día u otro. Puedes mirar los cuadernillos si quieres. No habrás visto nunca nada igual.

—Seguro… —asintió May.

—Es una obra de moderna concepción. Práctica y manejable. En veintitrés tomos lujosamente encuadernados en piel y con grabaciones de oro de dieciocho quilates en todas las cubiertas. Realizada por un competente equipo de prestigiosos especialistas en las diversas especialidades médicas, que explican exhaustivamente todos los sistemas preventivos y curativos habidos y por haber —recitó el hombre, tomó aire y continuó—: Edición especial y limitada para un selecto grupo de hogares elegidos por riguroso sorteo por nuestro departamento de Selecciones. De agradable diseño, profusamente ilustrada con más de diez mil fotografías de casos reales, además de diagramas, dibujos, gráficos, etc. Con más de quince mil artículos de texto claro y accesible al conocimiento del ciudadano medio, que incorpora los más sofisticados avances médicos y descubrimientos de última hora. Regalamos una magnífica estantería de melanina en color nogal para que colocarla en tu coqueto salón no sea ningún problema. Hará juego con tu decoración sea ésta del estilo que sea, desde el *tipo Ikea* al de *Anticuario de El Corte Inglés*. Y nuestro sistema de crédito con pagos aplazados y sin intereses demasiado apreciables es algo que tendrás que estudiar con detenimiento.

—Sí. Lo tendré que estudiar, ¿verdad? —dijo May, y entrecerró los ojos, como si sintiera de repente mucho, mucho sueño.

Cuando, por fin, May pudo prepararse otro café, esta vez descafeinado, se dio cuenta de lo sucia y desordenada que estaba la cocina. Es más, no sólo la cocina sino toda la casa parecía haber sufrido un ataque virulento de polvo y se la veía tan desaliñada y desastrada que sintió una punzada de disgusto insoportable. Pensó que bastaría para calmar su desazón con fregar el suelo, de un blanco tan arrebatado que únicamente lograba atraer con más ansia la porquería, pero la fregona estaba llena de pelitos negros, rojos y rubios, mezcla de los colores de los cabellos de los tres habitantes de la casa, y al pasar el escobillo por el suelo quedaron pegados al gres finos e irritantes pelos como gusanos filamentosos, reacios a volver a despegarse.

Abandonó la tarea antes de concluirla, y subió al dormitorio que compartía con su marido. En la habitación de al lado estaba el estudio de Noel. May observó desde la puerta su mesa de trabajo, ordenada y pulcra, como su dueño. Noel trabajaba en el Instituto de Economía de la Empresa de una prestigiosa universidad local. Se había especializado en el mercado del automóvil, hacía estudios sobre coches, su resistencia y vulnerabilidad, su consumo energético y su proyección en el mercado. Al menos dos días por semana pasaba largas horas investigando en una fábrica de coches. Utilizaba *dummies* para sus experimentos. Cuando, mucho tiempo atrás, May quiso saber qué era exactamente un *dummie*, Noel le respondió: «Un muñeco un poco tonto. De hecho, la palabra ya ha quedado como sinónimo de bobo. Los *dummies* sirven para nuestros ensayos. Son conejillos de Indias que imitan el cuerpo de los seres humanos. Tienen su mismo peso, y casi su misma resistencia a los golpes. Su tarea consiste en dejarse estrellar dentro de un automóvil. Los tenemos de todos los tamaños: el bebé, la madre y el padre, el niño de cinco años y hasta la abuela y el perro. Nueve de cada diez veces que metemos un *dummie* dentro de un vehículo, sabemos que *morirá*. Y él también lo sabe, a su manera. Sabe que sus daños nos servirán para calcular los que podría, pero no debería, sufrir un ser humano real que ocupara su puesto. Los *dummies* son carne de cañón sintética. Pagan el precio de nuestra ignorancia». May lo besó suavemente cuando terminó de hablar. «Entonces —dijo ella—, no son muy distintos de ti y de mí. De todos nosotros, en realidad.» «Es posible», concedió él, y volvió a enfrascarse entre sus papeles.

May salió del estudio y entró en el dormitorio. Miró a su alrededor, procurando memorizar cada rincón de la estancia. Todo parecía más oscuro últimamente, desde luego. Incluso allí dentro, en el corazón de su hogar.

No le resultó difícil hacer la maleta. Parecía mentira qué pocas cosas creyó imprescindible llevarse. Apenas un poco de ropa —tres pantalones de colores apagados, un par de camisas de algodón, ropa interior para una semana y un jersey grueso de color berenjena—; cogió también sus cosas de aseo, unos zapatos de repuesto y un abrigo. Escribió una nota para Noel, breve y significativa: «Me voy, y no sé si volveré algún día. Lo siento. Os quiero mucho. May». La dejó sobre la mesa de la cocina, justo en el sitio donde su marido se sentaba para comer.

Cuando se disponía a salir de casa se dio cuenta de que el suelo de la cocina aún estaba húmedo, y que sus pisadas dibujaban una serie de manchas oscuras y grasientas que destacaban como las huellas irregulares y algo desvaídas de un pájaro extraño y acongojado. Y al menos tan grande como un *dummie* de mujer.

MARIA DE LA PAU JANER

No cometerás actos impuros

Maria de la Pau Janer (Palma de Mallorca, 1966) es novelista y trabaja en varios medios audiovisuales. Entre sus novelas figuran *L'hora dels eclipsis*, premio de narrativa Andròmina 1989, *Orient, Occident, dues històries d'amor*, finalista del Premi Sant Jordi 1997, *Lola*, Premi Ramon Llull 1999, *Las mujeres que hay en mí*, finalista del Premio Planeta 2002 y *Pasiones romanas*, Premio Planeta 2005.

En la mesa, una bandeja de ostras y una botella de vino blanco, un poco afrutado. Sus cuerpos ocupan una posición estratégica, uno frente al otro, sin demasiados elementos que intercepten el espacio —blanco nítido del mantel de hilo— que los separa. Sería muy fácil que ella alargase el brazo como quien no quiere la cosa. Lleva un vestido negro con las mangas ajustadas hasta el codo. Es de una simplicidad absoluta: una tela de líneas rectas que caen en vertical desde el cuello hasta los pies. No marcan los contornos de su cuerpo, sino que sólo los insinúan. Detrás, en cambio, la tela se acaba a la altura de la cintura. Se trata de un contraste brusco, de tan sorprendente. La austeridad del pecho, el cuello y los brazos rota por la osadía de unos hombros desnudos, de una espalda que se alarga. Sería sencillo que él abriese la palma y la fuera extendiendo, poco a poco, hasta la mujer. Ninguno de los dos hace el gesto. Ni siquiera se rozan. La iluminación de la sala está hecha de claroscuros. El restaurante es lo bastante luminoso como para que nadie se sienta incómodo. A la vez, un juego de luces indirectas favorece la creación de volúmenes, de formas. Surgen pequeños espacios dentro del espacio grande, que deja de ser único para transformarse en una sucesión de compartimentos, hechos a medida de los comensales. Ninguna pared ni tabique los separa, pero la distribución de las mesas y el amparo de la penumbra convierten cada mesa en un mundo alejado de los demás. Según la voluntad o el capricho de los comensales, los demás pueden estar casi al alcance de la mano o encontrarse a kilómetros de distancia. Una mesa puede transformarse en un islote rodeado por el mar, protegido por el humo de las velas de las miradas curiosas.

La conversación es plácida, llena de frases hechas, de comentarios impersonales, de chistes inocentes. Una de esas conversaciones que parecen estereotipadas, propias de una cena de compromiso de la que no se tienen demasiadas expectativas. Ni siquiera de ese destello de ilusión que, de vez en cuando, les anuncia que la vida no ha perdido la capacidad de sorprenderlos. Ni por asomo ese entusiasmo que, alguna vez, en un tiempo tan remoto que les parece que nunca existió, los trastornó. Están tranquilos, salvados tras una coraza que ha construido el paso de los años, la vida vivida. Se miran a los ojos y cada cual sostiene la mirada del otro sin demasiada dificultad. Se miran aunque no se vean, porque no hacen el esfuerzo —¿el paso debe ser minúsculo o enorme?— de escudriñar la mirada que tienen enfrente. Quizá no osen asomarse. Tal vez ni les interese.

Ahora ella coge la ostra con la mano izquierda. Hace un movimiento con los dedos para que la sostengan casi como si no la tocasen. Todo en esta mujer tiene aires de ligereza, del roce de plumas. El cuchillo que sostiene con la otra mano ha ido separando la sustancia pulposa. Entonces le añade dos gotas de limón y se la acerca a los labios. Los labios, de una redondez que recuerda la carne de una ciruela oscura, casi amoratada, se vuelcan hacia la carne de la ostra. Se oye un sonido minúsculo de sorbo que engulle y traga. Dura un instante, pero basta. Hay visiones que son como un rayo que nos traslada a otras visiones más lejanas. Imágenes inoportunas, rescatadas de la ausencia y del olvido, que vuelven de pronto. El hombre ha mirado los labios de la mujer mientras se comía la ostra. Los ha mirado, no los ha visto, que puede parecer lo mismo pero no lo es. Mirar quiere decir fijarse, estar atento, entretenerse en la contemplación de la cosa observada. Ver es dejar pasar de largo. Vemos muchas personas, lugares, objetos. Sólo miramos algunos. La pupila los captura, quedan impresos, nos acompañan. Él ha mirado el movimiento leve de los labios que han ido adquiriendo, curiosa mimesis, la forma de una concha. Entonces ha recordado otros labios: los de su primer beso. Fue un beso de saliva y mordiscos. Un intento por comerse la boca del otro, una prueba hecha con poca maña y toda la avidez del mundo. Las ganas de tragarse unos labios como si fuesen la pulpa de esta ostra que acaba de ver temblar y desaparecer, aunque en esa época no comieran ostras. Estaban en un cine con una bolsa de palomitas en la mano y una profunda sed de saliva. La chica llevaba la falda verde y la camisa blanca del uniforme de la escuela. Él maldecía el mundo, porque los nervios, que siempre lo traicionaban, le hacían sudar las manos. Se notaba las manos como dos sustancias ajenas, hechas de una materia gelatinosa que le causaba cierta inquietud. A decir verdad, odiaba esas manos. ¿Cómo podía alargarlas hasta las de ella, superando el obstáculo de la maleta que había entre los dos, y acariciarle la punta de los dedos, si se los dejaría empapados de sudor? Se lo preguntó muchas veces, mientras la pantalla proyectaba secuencias que sólo era capaz de captar aisladamente, sin seguir su hilo conductor. Pero no le hicieron falta las manos. Sólo una aproximación de los cuerpos, que se buscaban pese a ellos mismos, pese a las tácticas, los miedos y la voluntad. De pronto, un gesto los acercó y el beso fue enorme, muy largo.

Un beso que era una mezcla de sabores y de aromas. La lengua haciendo un recorrido por los rincones de la lengua del otro, una exploración golosa, de afán y de presa. Un camino que se fue volviendo lento, cuando el trayecto se detenía a seguir los dientes, las encías, el paladar. Las lenguas que se encuentran y trazan círculos: primero diminutos, luego frenéticos. Las lenguas que trazan espirales, que avanzan hacia delante y hacia atrás. Los rostros humedecidos de saliva, porque una pequeña lluvia brota de las bocas transformadas en fuentes. Besarse es apoderarse del otro y permitir que el otro te tome entero. La boca tiene la avidez de un sexo abierto, palpitante, pero, a la vez, es como un arco de violín que se arquea y dibuja sonidos en el aire. Besarse es unir dos rostros, acercar los poros de las pieles que respiran, quizá al unísono. Es sentir en la suavidad de la piel otra piel mucho más dulce; o capturar en la rabia de un bocado los labios que quisiéramos romper para beber su sangre. Un poema de Roís de Corella que habla de un beso entre un dios y una ninfa. Ella lleva un confite entre los labios; él pretende robárselo. En el afán y las delicias del beso, se produce el mordisco. Un bocado que hace salir una gota de sangre de los labios de la mujer. El enamorado cree que traga el caramelo, porque la sangre sabe a néctar. Besarse es descubrir un espacio inesperado, un jardín donde vale la pena perderse por un laberinto de ganas. Hambre y deseo de besarse, la vida y la muerte en los labios, cuando el corazón late con fuerza.

El hombre que come ostras en un restaurante elegante vuelve a la mesa que ocupa. Se había alejado por un instante. ¿Cuántas sensaciones perduran cuando creíamos que su rastro se había perdido? Con qué prodigiosa habilidad vuelven para recordarnos que nunca se pierden del todo. Ve a la mujer sentada frente a él que acaba de hacer algún comentario intrascendente sobre algún tema sin importancia. Entonces se pregunta, con un poco de angustia, si todavía debe haber, tantos años después, algún rastro de saliva —aunque sólo sea una migaja— de aquella adolescente en su boca. Le gustaría pensar que sí, aunque sea mentira.

En ese preciso instante, la mujer que también come ostras mira al hombre con el que comparte la mesa y la comida. Detiene la frase en un punto cualquiera, tras perder el hilo de lo que le contaba, mientras comprende que el otro acaba de volver de muy lejos. Le nota el aire de retorno, a pesar de sus intentos, poco hábiles, por mantener una apariencia de normalidad. Justo antes de que recomponga el ademán y recupere el aire de señor serio, le ha adivinado una chispa de brillo en los ojos que lo transforma. Sus ojos adquieren una intensidad insospechada que jamás le hubiera atribuido. Tiene la mirada y los labios húmedos: una humedad de ola y de sal que la inquieta. Con un gesto discreto, él se pasa la servilleta por la boca y elimina cualquier rastro. Ella tiene que hacer un esfuerzo de contención para no detenerlo, pues la mano casi se le escapa al vuelo. Por suerte —piensa—, nada ha delatado su impulso momentáneo. Afortunadamente, tampoco nadie puede darse cuenta de la humedad de su entrepierna. El pensamiento le vuela.

Recuerda cuando era una adolescente y el cabello le cubría el nacimiento de los hombros. Lo movía al hablar porque le gustaba que se le alzara. Tenía la cintura de junco, las piernas largas. Los ojos, abiertos para comerse el mundo, se empequeñecían hasta volverse dos líneas oscuras cuando estallaba a reír. Era risueña, inconsciente, feliz. Esta noche, entre focos de diseño, piensa en el cielo de sus catorce años. Un cielo de un azul absoluto, sin pinceladas de humo ni de nubes. Iban toda la familia a la playa. Sus padres, la tía Encarna, sus primos, Pau y Andreu. Armaban mucho alboroto: cada domingo llenaban los coches con bolsas de tortilla de patata y tomates maduros, un trozo de sandía, una botella de agua, el aparato de radio, una sombrilla, las toallas, las revistas del corazón y la prensa deportiva, las cremas bronceadoras y las gafas de sol. También se llevaban las ganas de huir, el tedio y la rutina de los días demasiado parecidos, la ilusión de la arena y del agua. Llegaban a una playa que era una extensión de kilómetros de arena. Las olas iban a morir a la arena sin prisas. Era la espuma la que se rompía.

Se habían dejado llevar por el agua plácida y las olas: primero el agua que dibuja círculos y meandros de quietud. No se alza demasiado. No llega a cubrir los cuerpos adolescentes que se recortan en ella, iluminados por el sol que se proyecta en un fondo de arena y sale al exterior, como si añorase el cielo y quisiera volver a verlo, haciendo esfuerzos por asomar la cabeza del azul marino. Después el agua furiosa, inquieta, que les salpicaba la piel del rostro, les hacía cosquillas en el ombligo, en el inicio del vientre, entre las piernas. Cada ola, un empujón que hace perder el equilibrio, que los invita a rodar abrazados, en un juego de manos que buscan otras manos, de piernas que se mueven por el elemento líquido, hasta que encuentran otras manos con las que se entrelazan un instante, nudos con nudos en el fondo del mar. Ella tenía el vientre liso, curtido por el sol, las piernas y los brazos flacos, los pechos incipientes, apuntando en el aire con cierta altivez no querida. Los pezones que se recortaban a través de la tela del bañador, erectos y menudos. Pau, su primo al que el sol aclaraba los cabellos hasta volvérselos casi rubios, había heredado —prodigio de la genética— los ojos verdes de una bisabuela italiana que se los dejó como prenda. Media familia se los envidiaba. Tenía dieciséis años y una amplia sonrisa. A ella le gustaba darse cuenta de que eran unos ojos más verdes que el mar. Salieron del agua con los cabellos y los cuerpos empapados. Se estiraron en la arena, sobre las toallas de playa, el uno junto al otro. Muy cerca, sus respectivas madres comentaban las noticias más sabrosas de las revistas. Hablaban con gran deleite: que si ése había abandonado a su mujer por otra, que era una criatura dotada de una única gracia, la de la juventud, mientras la esposa millonaria seguía su existencia de áticos en Nueva York y chóferes con uniforme oscuro. Que si la princesa de moda estrenaba vestido de Versace y viaje en un yate. Que si la actriz que había sido olvidada por los productores acababa de someterse a una operación de cirugía estética, como si se desviviera por apresar chispas de juventud entre los dedos, cazadora de mariposas imposibles. Sus voces, aunque estuvieran muy cerca, les llegaban como un murmullo confuso, mezclado con los sonidos de las olas y con las palpitaciones del corazón. Andreu jugaba con una pelota a pocos metros de distancia, pero lo sentían muy lejos. Lo intuían lejano y diferente. Entretanto, sus cuerpos habían adquirido la forma de los minerales, mudos y quietos.

Pero no eran minerales. Ni se dejaban ir como si nada, materia que se junta con la arena. El sol y el agua habían hecho atajos. Tenía rastros de sal en los cabellos. Si sacaba la lengua, aunque sólo fuera una puntita, y recorría sus propios labios poco a poco, podía capturar el sabor de las olas. De pronto, alzó la cabeza y miró a su madre con un gesto casi suplicante. «Tengo frío —murmuró—. Me he resfriado en el agua.» Su madre interrumpió un momento la conversación, la miró de reojo, mientras movía la cabeza en un gesto de reproche. «Te había dicho que no estuvieras tanto rato, pero nunca me haces caso.» Le lanzó otra toalla, enorme y azul como el mar, que la cubrió entera y medio ocultó un inicio de sonrisa. Hizo un ensayo para que las palabras le salieran poco a poco, para no despertar sospechas. «¿Y tú no tienes frío, Pau?» La respuesta fue rápida: «Estoy helado. Anda, comparte conmigo la toalla. No seas egoísta». Se envolvieron los cuerpos, situado el uno muy cerca del otro, cabeza y pies, con aquella tela que era un trozo de mar acogedor. Estaban muy cerca, pero no se atrevían a tocarse: inmóviles las manos, los brazos, la cintura.

Ella sentía el calor del sol entre las piernas. Los muslos, entreabiertos, chorreaban esa humedad salubre que venía del agua. ¿O acaso era otra agua salada que brotaba del sexo, muy parecido a un mar diminuto? Él se sentía el miembro tirante. Era el sol de los catorce años, irrepetible y huidizo, aunque entonces no se dieran cuenta. Hubieran querido hacer desaparecer el mundo. Los demás muy lejos y ellos perdidos en una inmensidad de blancos y azules, todos por estrenar. Hacía calor. Una humedad nueva, la de los riachuelos de sudor que les recorría la piel, se mezclaban con los restos de sal. No abandonarían la toalla por nada del mundo. Se aferraban a ella con un poco de angustia, conscientes de que era el único refugio que los salvaba de las miradas ajenas. Era el refugio donde podían ocultarse de las conversaciones que los perseguían, murmullos absurdos, algarabía incómoda. Era una forma de escapar de todo eso, de huir sin que los demás lo sospechasen. Tenían que disimular y lo sabían, aunque no lo hubiesen formulado con palabras. Las palabras no son necesarias cuando el deseo se convierte en agua que recorre la piel. Transcurrió un rato, silencioso e inquieto. Cuando comprobaron que sus madres volvían a estar sumergidas de lleno en la conversación, se sentaron sobre la arena. Se levantaron con movimientos lentos, que no hacían ruido ni reclamaban la atención de la gente a su alrededor. Estaban muy cerca el uno del otro, cubiertos por la misma toalla azul. Con la cabeza gacha, la mirada fija en un punto indeterminado, ella hacía como si nada. Las piernas abiertas, los muslos separados, el sexo salubre. Los dos mantenían los brazos dejados ir sobre la toalla, descubiertos y desnudos, como prueba de su inocencia. En el refugio azul donde escondían sus cuerpos, no todo era quietud. El pie del chico avanzaba, poco a poco, hacia el sexo de esa adolescente que aún llevaba arena entre los cabellos. Tenía los dedos delgados, la piel un poco rugosa a causa del contacto prolongado con el agua, que le había hecho adquirir una delicadeza marina, casi de pétalo de mar. Con los dedos y cierta timidez, le acarició el sexo.

Primero el pie recorrió los perfiles de los muslos y

la tela de la parte inferior del biquini. Hubo una dosis de inseguridad y de audacia, que se manifestaba en la lentitud de los avances y los retrocesos, en la prisa de las posiciones. En un gesto que descubría una habilidad inesperada, veloz como una saeta, ella se bajó un poquito las bragas. Sólo el espacio necesario para facilitar el camino. Volvió de golpe a una apariencia de normalidad, mientras los dedos recorrían una superficie de materia y de agua. Los dedos arriba y abajo, en una fricción de olas minúsculas que van adelante y hacia atrás. La vio inclinar la cabeza, abandonada hacia atrás, como si quisiera beberse el sol. Pau pensó que le gustaba. Era cierto: resultaba difícil soportar, impasible, la excitación. Hubiera querido gritar, pero sólo podía apretar los labios: mordérselos con los dientes hasta dejarse una marca. Los dedos del pie de su primo dibujándole círculos en el sexo. Círculos muy pequeños, que le hacían brotar agua y sal. Los dedos dentro de su sexo, cada vez más abierto. Era una boca ávida que hubiera querido tragarse ese pececito que nadaba por el aguaje. Lo pensó sin decirlo, cuando inclinó todo el cuerpo en el suelo, encima de la arena amarilla, mientras el orgasmo le diluía la visión de las cosas. El espacio y el tiempo se fundieron en una materia inesperada, desconocida. Pensó en la muerte: «El placer mata», se dijo, pero no le hubiera importado morir entonces. El camarero retira la bandeja vacía, los platos donde las ostras son sólo conchas sin pulpa, ni sabor ni olor. Ha vuelto a llenarles las copas, mientras intenta pasar inadvertido, presencia discreta entre la mujer del vestido negro y el hombre que lleva una corbata a rayas. El siguiente plato, el *carpaccio* de gambas sobre un fondo verde, tiene el mismo aire de ligereza que se respira en el aire. Es el paréntesis antes de unos langostinos que se mantienen a la temperatura adecuada, a punto de ser saboreados por paladares expertos. La buena comida nos devuelve sensaciones que habríamos creído irrecuperables y que, a menudo, no tienen nada que ver con el simple placer gustativo. Los mejores vinos saben despertar los deseos de otros placeres. Debe de ser que los sentidos pueden confundirse y mezclarse, que se establecen vínculos inesperados entre ellos, que el olor se confunde con el tacto, que el gusto y la mirada nos hablan de lo mismo, de aquello que deseamos. Deseos que toman forma cuando se convierten en criaturas vivas. El hombre acaba de hacer un comentario cualquiera. Ha hablado de baremos empresariales, de los resultados de las últimas estadísticas.

Ella se esfuerza por captar el significado de las frases, y tiene una grata sensación de retorno.

Durante unos instantes, ha viajado muy lejos. Hace un movimiento casi imperceptible con la mano: el gesto de tocarse los cabellos para comprobar que no tengan restos de arena. Ha obedecido a un impulso momentáneo, porque, naturalmente, lleva el cabello impecable. Al darse cuenta de su propia puerilidad, esboza media sonrisa. Él también sonríe, convencido de que la mujer lo escucha, que su sonrisa responde a una forma de asentimiento, a un acuerdo tácito. Trabajan en la misma empresa, dedicada a la informática. Los dos ocupan puestos relevantes en un complejo entramado directivo. Han coincidido en un congreso en Londres y, después de las sesiones de trabajo, han quedado para cenar. Ha sido una simple coincidencia: dos personas que se encuentran, sienten cierta simpatía mutua, tienen un elevado concepto de sí mismos. Están de paso y un poco solos, aunque no lo reconocerían nunca, y deciden ir a cenar. No esperan gran cosa del encuentro. Si acaso, entretener las horas muertas antes de recluirse en una habitación de hotel.

Mientras él sigue exponiendo teorías que considera brillantísimas, ella piensa en los dedos del pie de ese primo lejano. Dedos de una suavidad rugosa, como de hoja, que sólo puede hacer posible el contacto prolongado con el agua. Vuelve a pensarlo sin querer, incapaz de gobernar sus pensamientos. Recuerda dedos y lenguas. Después de ese día en la playa, vinculó los orgasmos con un estallido de sol sobre la piel. No podía evitarlo. Más adelante, cuando descubrió la suavidad de una lengua recorriéndole sus rincones secretos, comprendió que el sexo era una explosión de licores en la entrepierna. Echada de espaldas en la cama, con las piernas dobladas a la altura de las rodillas, entreabiertas, mientras vislumbraba la sombra de una cabeza perdida entre sus muslos, se dejaba ir. Era muy sencillo: sólo tenía que concentrarse en el tacto de la lengua. Permitir que se la llevasen sus ritmos. Marcar ella nuevos, según las urgencias de ese sexo que se convertía en fruta madura, derramando jugos que desprendían un intenso olor. Un olor que, pese a surgir de su propio cuerpo, la embriagaba. Le gustaba sentir la puntita acariciándole los labios de la vulva de granada. Muy poco a poco, primero, más deprisa luego. De nuevo, movimientos lentos, mientras se le tensaba el cuerpo, expectante, cuando alargaba las manos y enlazaba los dedos con los dedos del otro, buscando cobijo, la complicidad ante la ola que se intuye que vendrá.

Se concentraba en el placer y lo esperaba. No debía tener prisa, si quería alargar la voluptuosidad. Dejarse arrastrar por una lengua que crecía y se adentraba en su interior, hasta desvanecerse por completo. Pasaba el tiempo mientras el sudor, la saliva de su amante y sus propios fluidos se unían en una sola marea. Presentía la descarga cuando todavía era sólo un preludio que iba adquiriendo intensidad. La espuma que crece, que se alza, que salpica el cielo antes de quebrarse e inundarlo todo. A veces, intentaba retenerlo, aunque la espera se volviera casi dolorosa. Otras veces, hubiera querido apresar sus ritmos. De pronto, ya no podía hacer nada. Ni contener el estallido ni acelerarlo. Volvía a dejarse llevar. No existían la mente, la razón, las ideas. Tan sólo el cuerpo, protagonista todopoderoso. La ola invadía los rompientes de las rocas: el placer como un intenso temblor, un dolor que no queremos que cese, un gusto que se apodera de cada centímetro de la piel. Entonces gritaba y era una gaviota.

Los langostinos van acompañados de una ensalada tibia y se funden en la boca. Él hace un comentario sobre la exquisitez de los platos. Ella regresa del todo, mientras le comenta que ya se lo habían dicho, que este restaurante aparece recomendado en las mejores guías gastronómicas de la ciudad, que ha sido un acierto ir. Comen poco a poco. Reanudan la conversación, primero uno, luego el otro. De vez en cuando, reina un silencio que no resulta incómodo, porque cada cual puede poblarlo de imágenes. No es un elemento distorsionador, sino un espacio en blanco que saben llenar con su propia caligrafía. Han iniciado el capítulo de los chismes. Es decir, se dedican a contarse los rifirrafes de sus compañeros, las rivalidades mal enmascaradas, la última putada del jefe de una sección al jefe de otra sección. Piden una botella de vino y el camarero vuelve a llenarles las copas. Enseguida entran en terrenos pantanosos, pero mucho más divertidos, según la opinión inconfesada de los dos. Se explican los enredos de faldas del nuevo director de *marketing*, la historia que todo el mundo sospecha entre la responsable de los medios de comunicación y el gerente, los actos de celos, auténticos espectáculos con que los obsequia la jefa de la sección de innovaciones en Internet, que está colgadísima por el gerente. Empiezan a reír. Se les relajan las facciones. El vino les va tintando el rostro de un color parecido al cereza, tal vez un tono un poco más pálido. A él le aparece una pincelada de rojo en la punta de la nariz, circunstancia que aumenta, sin motivo aparente, las risas de ella.

Cuando se ríe, le crece la boca. El hombre que lleva una corbata a rayas se lo teme. Constata un hecho del que no se había dado cuenta antes y se extraña: tiene los mismos labios que la chica del póster. Unos labios que lo habían perseguido durante la adolescencia. Estaba colgado en una pared de su habitación. Cada noche, se dormía con la mirada fija en ese recorte de cartulina desde el que una mujer rubia le sonreía, ofreciéndole el paraíso. Por la mañana se levantaba pronto. Tenía que sacudirse el sueño, ducharse y desayunar de prisa, correr hacia la estación de ferrocarril. Iba en tren al instituto. Tardaba media hora escasa desde su pueblo hasta otro pueblo más grande. Su madre lo despertaba con cuatro gritos. Si se quedaba adormilado ante la taza de café con leche, lo reprendía. Le seguía con la mirada el paso rápido, con la cartera colgada del hombro, los calcetines siempre torcidos, hasta que lo perdía de vista tras la esquina, engullido por una esquina de la calle. Llegaba en el último momento, cuando las puertas del tren de cercanías estaban a punto de cerrarse. Subía de un salto y ocupaba un asiento lo bastante lejos de posibles conocidos que hacían el mismo trayecto. A esa hora, no le apetecía hablar. En realidad, sólo quería que lo dejasen tranquilo. Era su tiempo y quería saborearlo a su manera.

En esa época, el chico desgarbado que llevaba los jerséis con los codos zurcidos tenía poco que ver con el hombre con ademán de ejecutivo que cena en un restaurante de Londres. Poco o nada. Sólo una pasión incipiente por las matemáticas, incomprensible para sus compañeros de curso, y las ganas de transformar el techo donde vivía con su madre. Estaba harto de las tuberías angostas, de los techos con goteras que le hacían aborrecer los días de lluvia, de comer patatas hervidas y sardinas a final de mes. Había, sobre todo, una diferencia fundamental: estaba loco por una mujer de póster, enamorado de una sonrisa de papel. Andando el tiempo, cuando la vida lo volviera a pastar, se convertiría en un hombre práctico, con los pies en el suelo, que no sueña tonterías, que entiende que esto y aquello otro no puede ser. Se casaría con una mujer elegante, atractiva pero discreta, que le resolvería los problemas domésticos y se ocuparía de su hijo. Una existencia tópica para una vida tópica. Pero entonces tenía las rodillas peladas, porque los domingos jugaba al fútbol con sus vecinos, y una enorme curiosidad por las cosas. Los asientos eran de madera, poco cómodos, y se movían un poco a causa del vaivén de los raíles. Sentado lejos de los demás, que habían aprendido a respetar su voluntad de estar solo, reposaba la cabeza y entrecerraba los ojos. Entonces volvía a pensar en la mujer del póster. La imaginaba delante de él, sentada con la faldita que apenas le cubría el inicio de los muslos, el breve jersey. Posar sus labios en esos labios de papel, que debían de saber a menta. Le encantaba la menta. Mecido por los movimientos del vagón, le invadía una grata sensación. Era su deseo de ella.

Cuando nadie lo observaba, se levantaba de su asiento y se dirigía al lavabo. Los servicios del tren eran unos reductos mal ventilados, donde el hedor a meado crecía con la falta de aire fresco. Tenía que hacer un esfuerzo para mantener el equilibrio. A veces estaba a punto de caerse en esa pocilga, pero le daba igual. Lo único que le importaba era la sensación de privacidad ganada a los demás. La soledad que conseguía rescatar de todas las miradas que había dejado atrás, en el vagón. Encerrado en un espacio ruin, a escasos metros de unas baldosas llenas de porquería, respiraba, satisfecho. El movimiento del tren lo excitaba. Así era, aunque ignorase la causa. Nunca se lo había querido contar a nadie, convencido de que nos ocurren cosas sin saber por qué.

Durante semanas se empeñó en adivinar las razones, hasta que se olvidó de ello. Cada noche pensaba que le habría resultado mucho más cómodo masturbarse en la cama. Arropado por una oscuridad amiga, cerca de la sonrisa del póster, no habría tenido que hacer pruebas de acrobacia para no caerse en un charco de meadas y suciedad.

Lo probó otras veces, hasta que decidió olvidarse de ello: le gustaba hacerlo en el tren, cuando tenía que aguzar el oído vigilando los pasos de sus compañeros. No era difícil imaginarse la presencia de alguien, los golpes impacientes en la puerta, la voz de algún conocido diciéndole: «¡Date prisa, hombre, que llenarás el depósito de mierda!». Le gustaba apoyarse contra la pared, con las piernas abiertas para mantener el equilibrio, los calzoncillos bajados hasta las rodillas, el sexo que le crece a medida que los pensamientos alzan el vuelo. Dibujado por la imaginación, surgía el cuerpo de la mujer del póster. Las formas redondeadas, la piel casi transparente, la cabellera, la sonrisa. Se cogía el sexo con una mano y empezaba los movimientos urgentes. De prisa, de prisa. Podía sentir el tacto de ese cuerpo: los senos, el vientre, las nalgas, la pelusa dorada. Deprisa, deprisa. Tenía que morderse los labios para no gritar, mientras acompasaba los ritmos de la mano con el movimiento del vagón. Le gustaba alcanzar una sincronía perfecta. Al fin, el derramamiento. Llegaba a todas partes: a la ropa, las palmas abiertas, las baldosas oscuras, iluminadas de pronto por una nube blanca, que se esparcía hasta desaparecer.

El camarero, con un ademán y una sonrisa impecables, les sirve una bandeja de trufas. Han elegido chocolate negro, en una coincidencia absoluta de gustos que no les sorprende demasiado. El chocolate se les funde dentro de la boca. Deja una huella dulce, pero también ese punto de amargura que provoca contrastes inesperados en el paladar.

Están relajados, con los sentidos despiertos y el pensamiento listo para irse. El hombre mira a la mujer que come chocolate, concentrada en la intensidad del sabor, y se pregunta cómo debe ser en la cama. Se lo pregunta con una curiosidad súbita. Siempre la ha considerado una buena profesional, una mujer atractiva, una compañera con la que lo unen ciertas afinidades de simpatía y buen hacer. Pero nada más. Se fija en sus cabellos, que lleva menos arreglados que al principio de la cena, y piensa que el peinado improvisado —un mechón que le cae encima de la frente, otro que se recoge detrás de la oreja— le favorece. Muestra un punto de desorden, cierto dejarse ir en la boca que ha extraviado el rastro del pintalabios, en las facciones que han perdido la rigidez, en la sonrisa que crece. Le gusta esta relajación de las facciones. Con todo, le cuesta imaginársela estirándose entre las sábanas. No es capaz de borrar la imagen de rigidez que, hasta esta noche, le encorsetaba los movimientos. «Demasiado contenida para mi gusto», piensa mientras le pregunta cuántas cucharadas de azúcar quiere en el café.

De pronto comparece la figura de Clara en la mente del hombre que come trufas. De Clara, sólo tiene el nombre. Quizá también ese punto de luminosidad en los ojos, que le convertían la mirada en un campo de girasoles de buena mañana. Por lo demás era morena y oscura como una mala cosa. Tenía los miembros menudos y flexibles, los labios carnosos de la mujer del póster. A veces, entre bromas, le preguntaba si había sido acróbata de circo. «¡Quién sabe si en otra vida!», le respondía. No lo seducían sus improbables acrobacias en otra vida, sino esa capacidad de encajar con él cuando la penetraba. Jamás había experimentado el deseo de esa forma: de una manera brusca, casi primitiva. El sexo despojado de artificios y reducido a su condición de estricta esencialidad. El deseo de penetrarla, adentro, de fundirse con ella. Cada partícula de su ser confundido con cada una de las moléculas de la piel de ella. Hubiera querido bebérsela. ¿Acaso se puede beber un cuerpo? ¿Es posible sorber sus elementos fluidos o, simplemente, llegar a formar parte de él, transformado en un río que desemboca en el mar y se va diluyendo en él? Hubiera deseado comérsela. Por eso le recorría el cuerpo con la lengua ávida. Se entretenía en el trayecto. Le mordía los hombros, los pezones, los músculos. Le chupaba la planta de los pies y las axilas.

Clara le aseguraba que era hija del sol y de la luna. De su padre había heredado la piel atezada. Pero también una alegría sencilla, que no necesitaba demasiadas razones para manifestarse, una calidez en el tacto y en la voz. Cuando lo tocaba, era como si el sol le cayera a chorro encima de la piel. Oírla hablar era vivir una mezcla de saxo y de terciopelo, de amapolas y pan untado en aceite. De su madre, había recibido una saliva dulce que era un hilo de plata. El legado de un sexo acogedor como la luna llena. Se volvía loco por hacer el amor con esa mujer. Le encantaba echarse en la cama, de espaldas, con el cuerpo de ella encima del de él. Sentir sus senos sobre su pecho, el vientre que encajaba con la curva de su propio vientre, los muslos que se juntan, los brazos que forman una cruz con las cuatro manos entrelazadas. El peso de Clara reposando en él le hacía cobrar conciencia de que era real, que no había surgido de ningún sueño. El aliento de ella se mezclaba con su aliento y se apresuraba a seguir su rastro, como un perro deseoso.

Tras la inmovilidad absoluta, empezaba a moverse. Era él el que llevaba la iniciativa. Primero, un roce de los pechos. Notaba su dureza y, a la vez, la suavidad de su piel. Con las manos, él le recorría la espalda hasta las nalgas. Las cogía con fuerza. Le clavaba los dedos, las uñas. Clara le daba minúsculos mordiscos en los pezones, como si quisiera comérselo. Luego le cogía el sexo y lo hacía entrar muy adentro. El acoplamiento era dejarse llevar, entrar en una gruta de fuego. Les ardía el cuerpo, mientras la mujer enarcaba la espalda, con las rodillas y las manos apoyadas en el colchón, e iniciaba el ritual. El sudor los cubría por completo, dejándolos empapados desde la frente hasta las piernas. Los cabellos de Clara le cubrían el rostro. Sus labios le buscaban la boca con un punto de rabia. La pasión y la rabia deben tener puntos de proximidad. Él intentaba marcarle los ritmos, pero no era sencillo. Ella tenía su propio concepto de los ritmos, una necesidad urgente de danzar encima de él, con la cintura contorsionada. «¿Acróbata o tal vez bailarina?», le preguntó una vez. Clara se rió. «En cualquier caso, bailarina en horizontal», fue su respuesta. Hacían el amor una vez tras otra, y otra más todavía. Al hombre que cena en un restaurante londinense jamás se le saciaba el hambre ni la sed. Mira a la mujer sentada enfrente de él y le pregunta, con una sonrisa cortés: «¿Te apetece beber algún licor?». Ella hace un gesto de extrañeza. No se sorprende por la pregunta, que no tiene nada de sorprendente, sino por sus ojos. El hombre con el que cena, en el fondo un auténtico desconocido, le recuerda el otro lado de un espejo. El reflejo que le ofreció un espejo hace mucho tiempo: el de su propio rostro incrédulo. Es curioso que esta noche recupere una expresión que descubrió como propia, aunque haya transcurrido mucho tiempo. Es extraño que la recobre a través de otro, alguien con quien hubiera jurado que no tiene demasiadas cosas en común. Las imágenes vuelven a componerse en su pensamiento con una precisión absoluta. Se relaja y permite que la invadan sin trabas. Antes de abandonarse por completo, le da tiempo a responder: «Sí. Quizá un licor de melocotón amargo».

Se acuerda de Mateu. Parecía un camionero. Le recordaba a un armario de tres puertas, esos muebles que ocupan toda una pared, que cuesta sudor hacer pasar por la puerta. Esos muebles pesados que, una vez colocados en algún lugar de la casa, nunca nos decidimos a volver a mover. Nos costaría tanto esfuerzo que, aunque nos tiente, lo dejamos por incapacidad o por pereza. Un armario en el que, a veces, quisiéramos encerrarnos para siempre. Se encontraban muy de vez en cuando, siempre en el mismo punto de la autopista. Cerca del kilómetro ciento cincuenta y tres, en una gasolinera. Ella aparcaba el coche allí. Miraba a un lado y otro hasta que encontraba el coche de él, no demasiado lejos. Siempre estaba allí, esperándola. Cuando se sentaba a su lado, no hablaban demasiado. Mateu conducía con un cigarrillo en los labios y una mano impaciente en su rodilla. Siempre fue una relación de gestos, de pocas palabras. «¿Para qué necesitaban las palabras?», se preguntaba, si ella se pasaba el día oyéndolas. Palabras vacías, que escuchaba por compromiso, por educación, por indiferencia, pero que no la ayudaban a vivir. Esa mano en la rodilla, en cambio, era un cosquilleo que le recorría el cuerpo. Siempre llamaba en el momento adecuado, jamás hubo ni exigencias ni preguntas. El hombre vivía en otra ciudad, en un lugar en el mapa sin interferencias ni recuerdos compartidos: un señor de paso que, de vez en cuando, marcaba su teléfono.

Iban a un hotel de carretera. Todo era feo e impersonal: los pasillos cubiertos de un tapizado de color ala de mosca, las puertas plastificadas, la ducha con jabón barato, la cama. Pero les daba igual. La última vez llegaron cuando comenzaba a anochecer. El detalle no tenía demasiada importancia, porque a cualquier hora del día era como si fuese de noche. No había ventanas por las que se abriera paso la luz. Un par de bombillas eléctricas, bajo unas mamparas de tela, mal iluminaban la habitación. Ocultaban las manchas de humedad, aunque no fuese posible apagar el ruido de las cañerías o de los somieres que chirriaban cerca. Se abrazaron. Mateu la echó encima del colchón, sin preámbulos, con un impulso inesperado que le encendió el deseo. Se dejó llevar. Le gustaba que llevase la iniciativa. Olvidarse de tener que tomar decisiones: «Ahora haré esto o lo otro». Convertirse en materia inerte a merced de la tempestad. Por eso no protestó cuando le arrancó la ropa de un tirón, mientras la obligaba a ponerse a cuatro gatas, con la cabeza gacha —la cabellera esparcida— y el culo hacia arriba. Sus nalgas se abrieron como dos conchas vacías donde se derramará el mar. Se perfilaron siguiendo la forma de la luna que crece, cortes de melón que se llenan a fuerza de noches. Él adentró su lengua con avidez en el agujero oscuro que se dibujaba en medio. Era una lengua de fuego o de aire que hierve. Se le aceleró el ritmo de la respiración cuando le introdujo el miembro. La mujer sintió un intenso dolor, una punzada que no duró demasiado tiempo. Por un instante, creyó que estaba a punto de quebrarse. Entonces extendió los dedos y abrió las palmas. Mateu alargó más su cuerpo y le cubrió la espalda por completo, como si fuera una sombra que da cobijo a la sombra del cuello y los hombros, hasta las piernas, mientras le cogía los pechos con fuerza entre las manos. Se acoplaron entre el placer y el dolor que lo intensifica. Después, ella se contempló el rostro en el espejo del lavabo. Se buscó los ojos y le parecieron otros, desconocidos. Esta noche ha vuelto a recuperarlos en la mirada de un hombre en el restaurante donde acaban de cenar.

Sin prisas, se levantan de la mesa. Caminan hasta la puerta, donde un camarero se apresura a traerles los abrigos. Él la ayuda a ponerse una capa de color cereza. En el suave movimiento, se detiene a contemplarle la espalda desnuda. La mujer vuelve la cabeza y alza los ojos. Se cruzan las miradas. Se sonríen levemente. Pedirán un taxi que los lleve al hotel, lejos del frío londinense, de las calles heladas, de los recuerdos. Mañana tienen que madrugar porque las sesiones de trabajo seguirán durante todo el día. Es probable que, en alguna ocasión, piensen en el lugar y la hora que acaban de vivir. En ese caso, no se entretendrán demasiado. Es lícita la evocación de los actos que nos hicieron felices, pero intuyen que no es recomendable recrearse en exceso. Atribuirán lo que han vivido al vino o al azar, dos buenas maneras de confortarse. Son inteligentes: han aprendido que no hace falta detenerse demasiado en aquello que dejamos escapar.

ROSA REGÀS

Imprevisto

Rosa Regàs (Barcelona, 1933) ha escrito las novelas *Memorias de Almator, Azul,* galardonada con el Premio Nadal 1994, *Luna lunera* y *La canción de Dorotea,* Premio Planeta 2001, además de varios libros de cuentos, de artículos y de memorias. Es directora de la Biblioteca Nacional y ha sido condecorada como Chevalier de la Légion d´Honneur francesa.

Me llamo Lucía, pero me llaman Lucy. Tengo cuarenta años. Soy economista, lo que no quiere decir que ejerza de la forma en que yo había imaginado. Soy apoderada en un banco, gozo de cierto prestigio profesional, gano un buen sueldo y no trabajo más que por las mañanas. Alguna vez también por la tarde, cuando mis jefes deciden reunirse después de una comida opípara a la que por supuesto yo no estoy invitada. Los espero con los papeles que necesitan, y aunque esa tarde la pierdo, lo tomo con resignación porque es sólo muy de vez en cuando y sé que a mis jefes les gusta que sea yo la que prepare toda la documentación. Lo sé no por la cara de felicidad que ponen, no por lo agradecidos que se muestran. Y es que soy buena en lo mío, aunque no me interese demasiado el trabajo en sí. Lo que me interesa es trabajar bien. Creo que el trabajo, como dijo el director del Museo Nacional de Damasco a una visitante, es un regalo que nos hacen los dioses para que no nos enloquezca el paso del tiempo. Tengo cuarenta años, como ya he dicho, y aunque no me ha sorprendido la famosa crisis que parece afectar a tanta gente a esta edad, reconozco que cambiar de cifra me impresionó. Tengo cuarenta años, me repito y me doy cuenta de que he llegado al paso del ecuador. No es nostalgia del pasado lo que siento, ni añoranza de la juventud, sino angustia al comprender que por años que viva ya no tengo tiempo de hacer todo lo que tengo en la mente y menos aún lo que me queda por descubrir. Mi única angustia es pues, el paso del tiempo. Mi pasado no es nada especial, lo sé, pero me gusta y me basta. Nunca he sentido frustración por no vivir en pareja, por no haber tenido hijos, por no formar parte de un sector de la sociedad con quien compartir el ocio, porque nunca he deseado ninguna de estas tres cosas. Tampoco me preocupa mi profesión: es cierto, no es como la había imaginado, pero en cierta manera es mejor. Porque al irse definiendo sus limitaciones, descubrí otros aspectos de la vida que nunca habría conocido ni disfrutado de haberme dedicado en cuerpo y alma a la economía, escalando puestos y ganando prestigio. Y ahora no cambiaría mi situación por nada del mundo. De hecho, pocas cosas nublan el panorama de mi existencia como no sea la situación del mundo y del país, que cada vez veo con más pesimismo, pero en lo que a mi vida respecta, me siento en paz. He aprendido a disfrutar y aprovechar el tiempo libre, y aunque sé que la soledad tiene mala prensa, la vivo con tal intensidad y le encuentro tantas ventajas que no me importa lo que me digan. Claro que mi soledad es relativa. Estuve casada una sola vez hace años, con un tipo que me sedujo con la mirada. Soy fácil de seducir con la mirada, y aquél tenía unos grandes ojos de un azul de agua marina que cuando se fijaban en los míos me prometían mundos de pasión y placer tan inauditos, pero tan evidentes, que a los pocos días me había mudado a su casa —un error que jamás he vuelto a repetir— y cuando me quise dar cuenta me había casado y andaba día y noche trabajando y cuidando a mi hombre como sólo podría haberlo hecho su madre o su esclava. Porque mi señor, que no tenía otra ambición que seducir, no había trabajado nunca. Malvivía con una escueta renta que le pasaba su santa madre, una viuda adinerada que se había convertido a una secta india, y se pasaba el día haciendo meditación trascendental. No niego que seducir sea uno de los grandes placeres de la vida, yo misma he aprendido a gozarlo con el tiempo, pero no creo que baste para colmar la existencia de la persona con quien se vive. Un día tuve la revelación de que estaba de criada en casa de un señorito que algunas noches de fiesta, lo reconozco, me dejaba compartir su cama. Pero tampoco bastan las noches por deliciosas que sean las horas del amanecer, por profundos los ojos marinos que atraviesan el alma. Y me di cuenta de que aún con la promesa de mundos de maravilla y pasión, en los seis meses que duraba la historia no nos habíamos movido del primer peldaño. Así que una mañana hice las maletas y lo dejé. Me enterneció su asombro, tan sincero, tan verdadero. Asombro, confusión, estupefacción. Y como habría sido imposible hacerle comprender el motivo de mi abandono, le confesé, como en las películas, que «había otra persona». Fue entonces cuando comencé a pensar en serio en mi futuro, familiar o social, por decirlo así. Y, tras una larga y profunda reflexión, resolví que yo no servía para la vida en común, porque así, en frío, no quería renunciar a todas las demás personas que podría conocer y amar, y porque tenía tal tendencia a entregarme que, de ir las cosas bien, acabaría en la esclava del primero que me enamorara. Y tampoco veía cómo podría mantener el principio de mi libertad con esas dos lacras. Fue así como tomé una decisión que horrorizó a mi madre: viviría sin pareja estable, o mejor dicho, sin convivir con la pareja que eligiera, porque, me decía, ¿cómo vivir día a día la misma vida, con la misma persona, viendo cómo la costumbre y la rutina entorpecen el camino de la fantasía y de la imaginación? Hay amigos que opinan que mi decisión obedece a que nunca me he enamorado de verdad, pero yo no lo creo, yo me enamoro, aunque quizá no he encontrado nunca a la persona con la que además estaría dispuesta a compartir toda la vida. O sea que desde entonces me dedico a descubrir mis vocaciones ocultas y a rendirme a ellas con placer e ilusión. Sí, tengo amantes, amigos amantes y amigos, y hasta hoy no he echado de menos la vida de familia, tal vez porque con la de mi infancia, con sus interminables y aburridas comidas frente a la televisión, con las peleas de los padres sentados en los asientos delanteros del coche, con la casita en la urbanización que había que abrir y cerrar cada fin de semana, creo que tuve suficiente. Me falta decir que si bien no soy una mujer guapa, ni al estilo de las revistas de moda ni al de las bellezas clásicas de las fotos antiguas, ni puedo presumir de facciones perfectas ni de tener piel de melocotón, soy en cambio bastante atractiva. No sé cuál es mi atractivo, pero alguno debo de tener, porque no recuerdo haber sufrido por no gustarle a los hombres. Ni a las mujeres. Al contrario, cuando era más joven y más inexperta, tenía problemas precisamente por gustarles demasiado y más de una vez me encontré en una situación no deseada con un tipo que me había asediado tanto y lo había hecho tan bien que había conseguido lo que quería venciendo mi resistencia. Pero ya he aprendido y ahora sabría darle la espalda por hermosos que tuviera los ojos, el cuerpo, el alma incluso, si no me gustara lo suficiente. Soy alta y delgada, tengo las piernas largas, el cabello rojo y la piel llena de pecas. Nunca tomo el sol, no porque no me guste sino porque no consigo un tono dorado sino, como mucho, el rojo atribulado de los nórdicos, del mismo modo que nunca me maquillo porque sé que estoy peor. Si yo tomara el sol y me pintara parecería un muestrario de colorines. Sé que tengo una bonita sonrisa y aunque mis ojos no son exageradamente grandes pueden ser incisivos como los de un gato o tiernos y dulces como los de una virgen gótica. Estoy a gusto con mi físico. Así he llegado al verano de 2001. Y como una de mis vocaciones es la de viajar y otra más reciente dejar que el imprevisto se introduzca en mi vida, he decidido que este año improvisaría mis vacaciones desde el primer día. Iría sola por primera vez, es decir, sin una compañía prevista de antemano. Estoy convencida de que todas las posibilidades están presentes a nuestro alrededor y sólo depende de nosotros verlas y atraparlas al vuelo. Me atrae más la aventura que la planificación, y además quiero creer que soy mucho más una criatura de la imaginación que de la costumbre. Mañana, pues, iré al aeropuerto cargada con un equipaje somero y mucha paciencia. Compraré un billete en el primer vuelo que tenga una plaza libre, con destino a la ciudad de un país que no exija visado, y dejaré que sea el azar el que me desvele la naturaleza de mis deseos y necesidades.

Me he despertado a primera hora de la mañana. Desde la ventana de mi habitación que da a la terraza, he visto levantarse el sol sobre los tejados y las antenas, con tal inocencia y tan ausente de mis propósitos y de los de los mortales que, de pronto, no le he visto sentido alguno a la decisión que había tomado. No por la decisión en sí de dejar las vacaciones al azar, sino porque he comprendido qué insignificante, anodina e inútil es nuestra voluntad frente a la inmutable aparición del sol cada mañana. Una sensación parecida a la que sentimos cuando nos quedamos prendados del cielo estrellado una noche de verano y nos da por pensar que con toda seguridad muchas de las estrellas que nos envían esa luz viva y brillante hace ya milenios que han dejado de existir. O ese vago sentimiento de inquietud al contemplar un paisaje familiar y muy querido, y darnos cuenta que pasaron los seres humanos que vivieron en esta tierra, pasaremos nosotros los que vivimos hoy, y él seguirá presente, creciendo o muriendo sus plantas, erosionándose sus montes, cayendo bajo el rayo de la tempestad los árboles que lo jalonan, en un entramado de vida, muerte y renacimiento del que nosotros estamos al margen. Se diría que a la Naturaleza le es indiferente la humanidad, y se diría también que la humanidad se venga de ella porque no la soporta, y la machaca, la destruye, la imita y la clona, para poder someterla, aunque sólo sea por no tener que soportar la humillación de que ella, no siendo inteligente, ni teniendo capacidad de decisión, perdure por los siglos de los siglos mientras que nosotros, seres privilegiados de la creación con libertad y movilidad, estamos condenados a una vida finita, breve, efímera, casi inexistente frente a la suya. ¿Qué es una religión sino una forma de convencernos de que somos algo más que un objeto inanimado, una piedra, un monte, incluso un volcán con toda su fuerza y su energía, y que aunque nos convirtamos en polvo, tenemos un alma inmortal, o duerme en nuestro ser la capacidad de reencarnarnos en otro? ¿Cómo no entender que, puesto que nuestra existencia no puede ganar en años al universo, nos adjudicamos por ser racionales una de otro orden, inmutable, más fluida y más espiritual que nos redima de tanta miseria? Como para darme la razón, el sol seguía la marcha lenta pero imparable hacia su cénit sin prestar atención a mis profundos pensamientos. Si sigo así, me dije, llegaré al aeropuerto cuando ya no queden destinos ni plazas libres. Ahuyenté, pues, de mi mente la inutilidad que le había visto de pronto a la vida, y me fui a la cocina, consciente de que, en cuanto me hubiera tomado un café, se disolverían mis demoledoras reflexiones en otras más cercanas inquietudes y desvelos que irían cobrando poco a poco una importancia superior a ellas. Por ejemplo, tenía hambre, y esa apetencia a primera vista insignificante pasó a primer término. Me preparé, pues, un desayuno completo y, efectivamente, me sentí mucho mejor. Luego hice la bolsa para el viaje con muy pocas cosas porque no tenía ni idea de cuáles serían mis necesidades. Justo lo más elemental e imprescindible, pensé, y una vez en el lugar ya vería lo que necesitaba. Pero a pesar de haber recuperado mi disposición inicial, las cosas habían de seguir otro curso. Y es que cuando se deja todo al azar, el azar, no acostumbrado a tener el camino tan libre, se ceba en nosotros. En una palabra, se pasa. Yo había llamado un taxi para las doce que llegó con puntualidad británica. Lo conducía un taxista joven que, muy satisfecho, llevaba la gorra americana con la visera en la nuca. Era rubio y en el poco rato que duró el viaje no dejó de hablarme mirándome por el retrovisor. Yo le había dicho «al aeropuerto», con cierta emoción, porque comenzaba a darme cuenta de que eso del azar iba en serio y que dentro de un rato, entre el gentío, las colas, las voces, conseguiría un vuelo hacia un destino desconocido: la aventura. Pero no habría tal comienzo. Es lo único que pude pensar cuando, no habían pasado aún ni cinco minutos, un gran estruendo acompañado de una feroz sacudida me lanzó contra el cristal que me separaba del taxista. Y cuando de nuevo tuve conciencia de mi existencia, una bombilla macilenta colgaba de un techo al que no se le veía el fin. Poco a poco me di cuenta de que estaba en una cama, que llevaba puesto un camisón de tela blanca seguramente abrochado en la espalda con un lazo cuyo nudo me hería el omóplato derecho y tenía un horrible dolor en la cabeza. Junto a mí descubrí otra paciente igualmente ida, así que cruzamos una mirada vaga de indiferencia sin saludarnos. No sabía dónde estaba, no me importaba, mi estado no me permitía esas licencias, cerré los ojos y me dejé llevar por la modorra. Y cuando de nuevo los abrí, a una distancia ciertamente equívoca, el rostro de un arcángel sonriente y dorado, vestido con la túnica blanca de la santidad y la belleza, se balanceaba sobre mí sosteniéndose en la negra tiniebla de la que parecía haber emergido. ¿Estaré en la antesala del cielo? Sonreí de pura felicidad porque el bienestar no me abandonaba, y cerré los ojos para comprobar si al abrirlos otra vez aquel embajador del reino celestial seguía presente. Sí, seguía presente. La sensación imprecisa de inmarcesible eternidad sin embargo, se volatilizó en unos minutos. El arcángel se echó hacia atrás recuperando la humana verticalidad y descubrí que llevaba colgado de la túnica un fonendoscopio. Casi al mismo tiempo sentí el dolor en ese punto de la cabeza y recordé vagamente mi primer despertar. Traté de incorporarme, porque de pronto se hizo la luz en mi memoria y recordé el estruendo del taxi, pero no pude. El arcángel, que no sólo había recuperado la verticalidad humana sino que de algún modo se había desprendido del vaho de luz que envuelve los cuerpos celestes, habló por primera vez sin dejar de sonreír, ante mis inútiles esfuerzos: «No te muevas demasiado, has estado unas horas inconsciente y aunque de momento no te hemos encontrado nada grave, hay que ser cautos, el golpe ha sido fuerte. Si todo sigue su curso y no hay complicaciones podrás salir en un par de días». Me dejé llevar por la música de su voz y le sonreí yo también. Luego en un arranque infantil de pudor que debía de haber recuperado con el traumatismo craneal, me subí el embozo hasta la barbilla para esconder el rubor, y cuando me pareció que ya no podía sostener más la mirada de aquellos ojos negros, dije, balbuceante: «¡Dos o tres días! Pero si tengo que salir de viaje enseguida, me voy de vacaciones». «De momento —dijo él—, no hay vacaciones. No por lo menos en una semana.» «¿Una semana tengo que estar aquí?» «No, una semana en observación. Si te portas bien podrás salir dentro de dos o tres días, ya te lo he dicho.» En aquel momento me sentí muy cansada y cerré los ojos. Dormir, quería dormir. Oía la voz cada vez más lejana: «Así —decía—, así, duerme, cuanto más duermas más descansarás y antes podrás irte». Todavía tuve tiempo de considerar cuán rápidamente se producen los cambios incluso en las convicciones más aceptadas. Me acordé de que cuando era pequeña y me daba un golpe en la cabeza siempre había una persona junto a mi cama para evitar que me durmiera, porque decía mi madre que era malo dormirse en esa situación. Tal vez no sea ese espantoso dolor de cabeza lo que me retiene en esta cama, tal vez me he roto algo más, o me he contusionado otros huesos. Recorrí mentalmente mi cuerpo en busca de indicios de heridas o de golpes, pero sólo encontré ese nudo en el omóplato y las espadas de dolor que herían mi pobre frente. Y sobre todo un gran cansancio que se había extendido por todo el cuerpo. Y esto, concluí con gran esfuerzo, debe de ser un hospital donde me dice el arcángel, o lo que queda de él, que aquí tengo que permanecer dos eternos días. Vaya una broma que me reservaba el azar. Fui hundiéndome en mi propia conciencia y flotando en los efluvios de aquella voz tan dulce y tan sensata, y en el áurea celestial con que su titular se me había revelado, desaparecí del mundo de los vivos.

En los hospitales y en las clínicas tienen la obsesión de madrugar. El pobre enfermo que ha oído todos los ruidos de la noche, perfilados en el silencio, cuando vislumbra un asomo de luz por las rendijas de las persianas y oye que el traqueteo en los pasillos se acelera, sabe que le llega el sueño. Dicen que con la misma paz ven llegar los enfermos terminales la muerte. Pero el que ha muerto, aunque no vuelve al mundo de los vivos, descansa en paz. En cambio, no hay descanso para el enfermo de una clínica o un hospital que desea más dormir al pan cuando lo reclama el hambre, porque no bien ha cerrado los ojos, cuando aún le queda un atisbo de conciencia que le permite disfrutar de la mágica sensación de hundirse en el vacío, una enfermera exultante de energía abre la puerta y, tras prender todas las luces, entra en la habitación removiendo con ruido de campanillas una cuchara en un vaso de agua y con la voz estridente del trabajador eficiente chilla a todo chillar: «¿Qué tal hemos dormido?». Y sin esperar respuesta porque nada en el mundo le importa menos que el insomnio del paciente, deja el vaso sobre la mesilla, con un gesto de volanda le arrebata las sábanas dejándolo indefenso en su desnudez y le coloca el termómetro en el lugar que intuye ha de molestarle más. «Qué buena carita tenemos hoy», «aquí le ponemos el termometrito». ¿Por qué hablarán siempre en primera persona del plural y con diminutivos? Y esto no es todo, en cuanto ha terminado ella, se lanzan sobre el enfermo los piquetes de limpieza corporal, los de habitaciones o el servicio del desayuno, lavan, barren, limpian, jabonan tan deprisa como si temieran que de darles las siete de la mañana en la habitación se convertirían en ranas. Yo los sufrí los tres días que estuve en el hospital, aunque los dos primeros apenas me enteré porque los pasé casi inconsciente. Pero ese tercer día, una vez me hubieron vapuleado, fregoteado y limpiado, llegó el médico, el que me había parecido un arcángel de ojos negros, y me dijo que al día siguiente por la tarde podía irme aunque tendría que volver a los tres días para una revisión rutinaria y luego para otra dentro de una semana. Él no me atendería porque se iba de vacaciones, pero un colega lo haría siguiendo sus instrucciones. Me contó con toda clase de detalles lo que me había ocurrido, pero me dijo que ya no había peligro alguno de que el golpe en la cabeza degenerara en algo más grave. «¿De vacaciones? —pregunté, sarcástica—. Supongo que son las mías las vacaciones que te tomas, ¿no?» «Son las mías. ¿Tú también te ibas de vacaciones?» «Ya te lo dije. Fue en el taxi que me llevaba al aeropuerto donde se me truncaron.» «Y ¿adónde ibas?» «Pues no lo sé.» «¿Lo has olvidado?», tenía una sombra de preocupación en la cara. «No, no lo he olvidado, nunca lo supe. Éstas son mis vacaciones.» «No te entiendo.» «Quiere decir —terció mi vecina de cama— que iba a comprar el billete en el mismo aeropuerto, a donde fuera que quedara una plaza libre». «¡Qué original! —dijo el arcángel—. ¡Qué pena que no se me haya ocurrido a mí! Puedes utilizar el sistema, no está patentado.» «Pues no digo que no», y no cesaba de sonreír. No era el arcángel que yo había visto, pero era amable y simpático y le quedaba muy bien la bata y el fonendoscopio colgando del pecho como si fuera una medalla. En el momento de irse se acercó y me alborotó el pelo con la mano, y entonces noté que me tocaba la piel del cráneo. ¡Me habían afeitado una parte de la cabeza! Cuando el arcángel vio la cara de susto que yo ponía, se echó a reír y le pidió un espejo a la enfermera, que se fue con sus zuecos a buscarlo y trajo uno de bolsillo. En el lado derecho, a la altura del ojo, tenía un plumero que rodeaba la clapa afeitada de mi cabeza. El arcángel me miraba con guasa. «¿Por qué me han afeitado si no hay herida?», pregunté. «Ha sido una confusión.» «Así que ha sido una confusión ¿eh?» «Sí —admitió tan tranquilo—, ha sido una confusión», y dándome la mano se despidió, siempre riendo. «Pues vaya una gracia», dije yo. Mi vecina me reconvino: «No te quejes, hay pacientes a los que les operan una pierna en vez de la otra, son confusiones de ellos. Además, tú has tenido suerte, el golpe fue peor para el taxista.» «¡No me digas!, pero ¿cómo lo sabes?» «No tengo otra cosa que hacer que escuchar los chismes de los unos y los otros. Así que me entero de todo. Ayer por la mañana todavía no había recuperado el conocimiento.» Por la tarde me vinieron a ver los del seguro del camión que nos había embestido, empeñados en que les dijera que el taxista se había detenido y que por eso se nos había echado encima el camión. Pero yo no lo recordaba y así lo repetí varias veces. Me dijeron que nos veríamos en el juicio y se fueron. Pero mi sorpresa fue mucho mayor cuando aquella noche, a una hora en que los pasillos de los hospitales están tan vacíos que pueden oírse los tenues gemidos de los dolientes, los estertores de los moribundos y los suspiros de los insomnes, y cuando la luz tamizada crea sombras confusas en la pared, se abrió la puerta despacio y entró el taxista. Vestía un camisón como el mío e iba descalzo. «Shisst —dijo poniéndose el índice en la boca—. Shisst, calla, me he escapado de la habitación.» «¡Pero, desgraciado! ¿Adónde vas?»

«Venía a verte.» «¿Y cómo sabías dónde estaba?» «Escuchando te enteras de todo.» «Aquí se hace uno sabio a base de escuchar», dije, admirada. «He venido porque quiero que les digas a los del seguro que yo no frené. ¡Joder que no lo hice!» «Pero si ya se lo he dicho.» Se sorprendió. «Pues ellos me han venido con el cuento de que tú les habías dicho que yo había frenado. ¿A quién tengo que creer?» «A mí.» «¿Por qué? No te conozco de nada.» «Porque yo ni gano ni pierdo en lo que diga. Y en cambio ellos, si tú has frenado y el camión se te ha echado encima, ellos no pagarán, ¿me entiendes?» «Claro que lo entiendo, creí que no lo entendías tú.» «Bueno, no discutamos. Por cierto, ¿dónde está mi maleta?» «Lo sabrán los que hicieron el atestado. Ya te lo dirán. Tú, ¿cuándo sales?» «Mañana por la tarde.» «Toma, te dejo mi móvil, por si un día necesitas un taxi.» «Sí hombre, para que repitamos la experiencia.» «Que la culpa no fue mía.» «¿Fue mía, pues?» «No. Pero tú sabes que mía no fue. El del camión que nos embistió por detrás, pero no fue nada.» «¡No! ¡Qué va! Sólo que los dos llevamos tres días en el hospital. Tú que como quien dice acabas de recobrar el conocimiento, y yo que me quedo sin vacaciones.» «Bah, no es para tanto, joder. Son cosas del azar.» «Vaya con el azar. Claro que yo me lo he buscado.» «¿Qué estás diciendo?» «Nada. Anda, vete ya, que te van a pescar, y ya sabes cómo son en los hospitales.» «Bueno, adiós. Llámame y te llevo a tomar unos vinos.» «Te llamaré. Oye, ¿cómo te llamas?» «Andrés, y ¿tú?» «Yo me llamo Lucy. Un nombre bonito, ¿no?»

«Un nombre precioso.» Al día siguiente, el arcángel ya no vino. Le sustituía un médico africano que según me dijo estaba haciendo prácticas. Raro me pareció que lo hubieran dejado entrar en el país con esta nueva ley de extranjería que desconfía de todo el mundo, pero él me dijo que formaba parte de un programa de intercambio con ¿Sierra Leona, dijo? ¿O sería Guinea? No recuerdo. Yo no había dicho nada a la familia ni a los amigos, nadie me vino a buscar y lo cierto es que lo sentí, porque hubo tanto papeleo para salir y para saber dónde estaba la maleta que a punto estuve de abandonar. Así que aquella misma noche me volví a encontrar en mi casa como si nada hubiera ocurrido. No era tan grave, de hecho, como no sabía lo que me había perdido, no podía tampoco lamentarme demasiado. Pero lo peor era que no me podía ir hasta dentro de ocho días, por las revisiones. ¡Ocho días! ¿Qué hago yo ocho días en la ciudad cuando tenía previsto andar por esos mundos de Dios tratando de que se manifestara el azar? Tomé una decisión más: iría a la primera revisión, si estaba bien me saltaría la segunda y podría comenzar el mismo viaje en cuanto hubiera ido al hospital: pasado mañana por la mañana, a primerísima hora.

Los tres días que faltaban para que volviera a salir de viaje pasaron rápidos porque tuve que hacer frente a diversos accidentes domésticos. La anciana del sobreático, de 90 años, se había dejado abierto el grifo del baño y, como es sorda, no se enteró de la catarata que formó el agua una vez hubo llenado la bañera hasta que, mirando la televisión, notó en los piececitos un frío inusual. Pensó que había cambiado el tiempo, y al irse a levantar para ponerse unos calcetines, el agua le llegaba a los tobillos. El nivel subía mientras ella buscaba el grifo que se había dejado abierto, pero entretanto el peso del agua reblandeció el suelo y cuando yo llegué al día siguiente, una inmensa gotera había descascarillado mi techo y la pared, y el agua saltaba alegremente por ella y amenazaba con inundar mi piso. El administrador y el portero estaban de vacaciones y el interino no sabía qué hacer. Los de mi seguro pasarían a evaluar los desperfectos. Pero yo pasé todo el día recogiendo agua para poder transitar por el piso. No tiene importancia, ya lo sé. A todo el mundo le ocurre dejarse un grifo abierto. Y así me lo decía yo mientras le daba a la fregona y soportaba la humedad viscosa de los días de calor en Barcelona. Y es que la gotera de la anciana pasaba precisamente por la instalación del aire acondicionado que fue inmediatamente inutilizado por el portero. Para su seguridad, dijo. Tuve que reclamar la maleta, hablar varias veces con los del seguro del taxi y del camión, y encontrar un albañil que cerrara el boquete que el agua había abierto. Y como entraron a robar en el tercero y no había nadie en la casa más que la anciana y yo, me tocó ir a comisaría por hacerle un favor al portero. (No, no he oído nada. No, no he visto nada. Firme aquí y ya se puede ir.) Al fin, después de haber pasado el primer control en el hospital y haber comprobado que mi salud estaba en perfecto estado, me fui al aeropuerto con mi bolsa y casi la misma ilusión, aunque cada vez más difusa, más etérea, más teórica. Tuve suerte. Tras una hora de cola en la ventanilla de venta de billetes, logré uno para Roma de una compañía italiana, que salía a las cinco y media de la tarde. Roma no está nada mal: la Fontana de Trevi, el Coliseo, las terrazas de los pequeños restaurantes, pizza y pasta, la plaza de España, monumentos, calor, turistas, museos que no sabes cuándo están abiertos y cuándo no, curas con sotanas, cintos morados y sombreros de copa redonda, coches de caballos para turistas y un baño nocturno en la Fontana de Trevi. Bien mirado parecía que ya estuviera de vuelta. Mi amiga, Blanca Peral, decía que no hay como un buen libro para viajar a gusto. Te enteras mucho mejor que yendo a los sitios, visitas monumentos y te ahorras las aglomeraciones de los aeropuertos, hoteles y museos. Pero para mí, viajar es otra cosa. Para conocer no hace falta viajar, en esto tiene razón Blanca. Viajar es desvelar una realidad que se encuentra en el lugar a donde vamos, es sentir el aire, ver el paisaje, conocer a sus gentes, oír los ruidos de sus calles. Viajar es descubrir no sólo esa realidad, sino entrar un poco más dentro de nosotros mismos para saber cómo nos comportamos en situaciones que no son habituales. Con estos pensamientos tan optimistas y románticos intentaba compensar el retraso de una hora y media que tenía nuestro vuelo. Un grupo de romanos vociferaba indignado y a mi lado una mujer lloraba porque había perdido la conexión con Nairobi donde vivía su hija. Yo, en cambio, mantenía la calma porque sabía que el azar dirigía mi viaje y, puesto que yo había elegido este camino, no tenía derecho a quejarme. No quería darme cuenta de que no era el azar el que me tenía prisionera en el aeropuerto, sino el mal funcionamiento. La compra del billete ya había sido una aventura. La chica que me atendía hacía oídos sordos a la multitud que pedía información y ponía una atención totalmente desproporcionada en la pantalla del ordenador. Luego, aquellos dos únicos controles de policía con unas inacabables colas que tenían al personal histérico. Me tocó pasar cuando faltaban unos minutos para que saliera nuestro avión, aunque ya las pantallas anunciaban retraso. Sin especificar. Cuando fui a información, otra larguísima cola y un único empleado para atenderla, que a la media hora me comunicó que lo único que se sabía era lo que aparecía en la pantalla. Desde ese mismo momento en el que, por fortuna, logré encontrar un sitio vacío, estuve esforzándome para evitar que estallara mi indignación. De buena gana me habría largado a la ciudad, habría llamado a un amigo para salir a cenar o habría ido al cine, y habría vuelto a casa caminando al fresco por la ciudad vacía, ya que todos los ciudadanos parecían estar en el aeropuerto. Pero aguanté. Y cuando a las tres horas nos comunicaron que el vuelo estaba listo para embarcar, me sentí muy satisfecha de mí misma. No sabía entonces que, como en el cuento *La dama del perrito*, de Pushkin —¿es de Pushkin?—, lo más difícil no había hecho sino comenzar. Al entrar en el avión, el comandante se apresuró a pedir disculpas por el retraso que, dijo, se debía a causas ajenas a la compañía. Lo repitió por lo menos tres veces, añadiendo en la última que tardaríamos todavía unos minutos en despegar. Los minutos se convirtieron en una hora dentro del avión, sin movernos, con una musiquita que se repitió hasta la saciedad. El calor era sofocante y la azafata nos dijo que al ponerse el avión en marcha el aire funcionaría con más fuerza. Había niños berreando, chicos gritando, ancianos al borde del colapso cuando finalmente el avión se movió. Pero no era un movimiento definitivo por decirlo así, sino sólo para ponerse a la cola de los aviones que iban a despegar. Otros diez minutos, según el reloj del comandante, y media hora según mi Swatch que como buen suizo no falla nunca. Pero al fin salíamos. Era verdad. Miré por la ventanilla y éramos los primeros. «Entrando en pista para el despegue. Buen vuelo», dijo por megafonía la voz rutinaria del comandante. El avión había tomado velocidad, era el momento, según los expertos, de máximo peligro «porque el avión va solo». Yo veía correr el paisaje. Ahora vamos a despegar, ahora, ahora, ahora… ¡Pues no!, el avión con un ruido infernal intentó frenar, pero comenzó a dar horribles bandazos saliéndose de la pista con tumbos y sacudidas espeluznantes. El aparato había enloquecido y el público con él chillaba histérico, hasta que el avión se detuvo. Enseguida se pararon los motores, y casi inmediatamente se oyó el lamento lejano de las sirenas que llenaban el cielo soleado de la tarde. Una voz que procuraba ser normal tranquilizaba a los viajeros que lloraban y gemían, mientras otras azafatas, disimulando su terror, abrían las puertas. La voz del comandante con su aire rutinario nos informó de que no había pasado nada, una pequeña dificultad técnica que carecía de importancia. Dentro de unos minutos nos sacarían del avión y nos comunicarían la hora de salida del vuelo. Que disculpáramos las molestias y que permaneciéramos sentados y con el cinturón abrochado sin utilizar el teléfono móvil hasta que nos encontráramos en el recinto del aeropuerto. ¡Yo tendría que haberlo sabido! ¿No era cierto que ya había tenido un aviso con el accidente del taxi? ¿Por qué insistir? Lo mío era tentar a la suerte. Si no hubiera facturado la bolsa, al bajar del avión me habría ido a casa huyendo de los descalabros del azar. Pero tuve que esperar. Aquella noche la pasamos todos los pasajeros en un hotel que nos pagó la compañía después de habernos tenido tirados en el aeropuerto durante cinco horas sin explicación ninguna, excepto la de que podíamos tomar un refresco en el bar. Apenas cenamos, entretenidos en contarnos nuestras propias tribulaciones, y nos acostamos asustados aún al pensar que al día siguiente tendríamos que embarcar en otro vuelo. ¿Será posible que mañana cuando me despierte, y el sueño me haya hecho olvidar el terror de esta tarde, tenga el coraje de tomar un avión y seguir con el viaje que había imaginado?

No eran todavía las siete cuando me desperté en una cama extraña y el primer impulso fue de pánico, sobre todo por los ruidos, los de los aterrizajes y despegues que no reconocí. Nada comparado con el terrorífico espanto del día anterior, claro, pero sí tuve una angustiosa sensación de desconcierto. La luz entraba por las rendijas de las cortinas mal cerradas. Me levanté de un salto para acabar de abrirlas y me encontré con el mismo panorama desolado de los suburbios de todas las grandes ciudades. Recordé entonces el hotel al que nos habían llevado, entre la ciudad y el aeropuerto, envuelto en una red de autovías, autopistas, carreteras cuyos vehículos rugían y ronroneaban sin piedad. Cuando bajé a recepción, no había noticias de nuestro vuelo truncado. Decidí, pues, ir a desayunar. Pero la recepcionista me informó de que no estaba previsto el desayuno en mi reserva, así que si quería desayuno, tendría que pagármelo. «Pues lo pagaré.» En la entrada del comedor, un caballeroso camarero me llevó a una mesa del fondo oscuro del local y me preguntó si quería café o té. Y volvió al poco rato con un periódico y una taza de café. Y estaba yo tranquilamente leyendo las estafas y contraestafas de Gescartera en la que mi madre había invertido, cuando una sombra se interpuso entre la ventana y mi periódico. Levanté la cabeza para decirle a quien fuera que me quitaba la luz, cuando ¡el azar!: era mi arcángel. «¿Qué haces tú aquí? —preguntó—. ¿No tenías que esperar una semana para viajar?» «Ya ves que no me he ido», dije y sonreí. También él sonrió. «¿Puedo sentarme?»

«¡Claro! ¿Quieres un café? Yo invito. Por cierto, ¿qué haces tú aquí?» «Vine para el vuelo de Málaga de anoche. Pero lo cancelaron.» «¿Por qué?» «Hay huelga de pilotos.» «No sabía. ¿Y, por qué no cancelaron el mío?» «Porque no debía de ser de Iberia.» «No, no lo era. ¿A vosotros también os han alojado aquí?» «¡Qué va!, Iberia no habría podido alojar a todos los que dejó en tierra, pero como vivo fuera de Barcelona y no había venido en coche, decidí quedarme.» «Estás como yo. Yo me iba a Roma, pero tuvimos un percance al despegar y nos han dicho que hasta hoy no saldríamos.» Cuando íbamos por el segundo café vino una azafata a darme mi tarjeta de embarque con la puerta y la hora: puerta 19, a las 17.35. Al arcángel, que se llamaba Lorenzo, se le iluminó la cara: «Espérame pues —dijo levantándose—, voy al aeropuerto y vuelvo. Te invito a una paella en el Puerto Olímpico.» Me quedé atónita. ¿Así que iba a cancelar el vuelo para comer conmigo? «¡Que no! —protestó riendo cuando se lo pregunté—. Que no soy yo el que se va, es mi ex mujer y un hijo que tenemos entre los dos. Viven en Málaga y han estado aquí de vacaciones. ¿Quieres saber algo más?» «Sí. ¿Cuántos años tiene el niño?» «No es un niño. Tiene 18 años.» Esto me gustó. En general, me horroriza salir con padres separados que tienen niños pequeños. Te lían, te llevan al parque y no te hacen el menor caso. Están cargados de remordimientos abstractos, atiborran de chuches al niño, deambulan por la ciudad esperando que abran los cines y miran el reloj cada cinco minutos. Pero no se lo dije. «¿Seguro que el avión no saldrá antes de esa hora?», pregunté aún a la señorita que en el vestíbulo repartía tarjetas de embarque entre los indignados viajeros. «Por favor —se ofendió—. Ésta es una compañía seria.» «Perdone.» Así que cuando al cabo de media hora apareció de nuevo Lorenzo, nos fuimos en un taxi al Puerto Olímpico. «¿Te gusta navegar?» «No he navegado mucho, la verdad.» Recordaba alguna breve travesía en barca, en Menorca, y alguna otra vez cerca de Tarragona. «Te gustará. Hoy es un buen día. Hay poco viento y la mar está tranquila.» El barco de Lorenzo tenía unos seis metros de eslora que es como los marinos llaman a la longitud, igual que llaman cabos a las cuerdas. Según Lorenzo todo tiene su nombre distinto en el mar y hay que saberlos todos porque si no, no te entienden. El mar en calma era una delicia. Desde lejos la ciudad se abría silenciosa ante nosotros, que localizábamos Santa María del Mar, la catedral, las Ramblas, el cementerio de Montjuïc. Para mí, que siempre he vivido en la parte alta, la vista era tan original que me di cuenta de cuán poco conocía mi ciudad. Lorenzo abrió una lata de berberechos y una botella de vino blanco bastante frío. El vino blanco parece hecho para un mediodía de verano. Era un poco afrutado y disfrutaba notando cómo el frescor y el sabor me llenaban la boca. Fue entonces, con la euforia, cuando le conté a Lorenzo mi teoría sobre el azar, sobre el viaje que iba a hacer y cómo esperaba que el imprevisto se introdujera en mi vida, porque estaba convencida de que, una vez hemos salido del círculo de la rutina y la costumbre, la imaginación se pone en marcha y se nos despiertan las facultades de descubrir lo que, aun estando cercano, permanece oculto. «¿Como qué? —preguntó—. ¿Qué esperas?» «No sé lo que espero, nada concreto, nada que se pueda definir, ni contar. Sensaciones, sentimientos más nuevos y más complejos, no sé.» «Hasta ahora no te han faltado novedades», dijo riendo. «No es este tipo de azar el que yo espero —respondí—. Creo que la vida puede ofrecer cosas mejores. Cosas que tenemos dentro de nosotros y que tal vez un viaje nos ayude a descubrir. Me interesan más las emociones que los sobresaltos.» «Bueno, por algo se empieza, ¿no?» «Quizá sí. Estaré atenta», le dije. Fueron el vino, o el sol, o esa forma de mirar que siempre me subyuga los culpables de que yo hablara tanto. Luego, una vez hubimos dejado el barco en el puerto otra vez, nos fuimos a un restaurante del puerto y encargamos la paella. ¿Hay algo más fantástico que sentarse en una terraza al sol, pedir unos vinos y unos pececitos mientras esperamos el arroz, la piel ardiente todavía de la sal del mar, tocados por la gracia de un vino blanco de la Ribera del Duero, frente a una persona que hasta hace unas horas no entraba en nuestro entorno, no era nadie, no existía y que de pronto se convierte en la mejor compañía? Sentados uno frente a otro, sin que nos molestara el bullicio, ni los apretones y las sacudidas de los que pasaban, sin impacientarnos la lentitud del camarero, fuimos desgranando sucesos de nuestra historia, con saltos en el tiempo y el espacio, recuerdos y emociones, y hasta chistes y anécdotas, pisándonos las palabras, como si nos diéramos cuenta de que el tiempo se echaba encima. Sí, este hombre es un arcángel, pensé. No puede ser que tenga esos ojos negros y reidores y ese cabello largo y vagamente rizado. No puede ser que tenga ese brillo dorado en la piel, no puede ser que me esté hablando con tanto entusiasmo, no puede ser que sea tan encantador. Será el vino, será el vino blanco que hace milagros. Cuando despierte de este sueño me encontraré frente a un hombre de cabeza casi rapada, barba de dos días y gafas de sol. ¡Ay Dios, que tenemos que irnos! Pagamos a toda prisa y corriendo nos fuimos a buscar un taxi. Hacía calor, la ciudad estaba cálida y preciosa, el taxista, contento de un viaje al aeropuerto y al ver que íbamos mal de tiempo, aceleró y se puso en la máxima velocidad permitida. El aire entraba por la ventanilla cubriéndonos la cara con nuestros propios cabellos. Reíamos de felicidad supongo, de libertad quizá. Fue entonces cuando él, en un arranque repentino, me cogió la cabeza, con una mano separó un mechón que me caía sobre los ojos, acercó su cara a la mía y nos besamos con violencia y con ternura también, del modo que deberíamos habernos besado en el barco, cuando estábamos en medio del mar, el mundo era nuestro y teníamos por lo menos un par de horas por delante. Pero nunca ocurren las cosas como queremos, porque nunca la autopista estuvo más vacía, nunca había llegado al aeropuerto con menos tiempo. Pagamos el taxi, salimos corriendo agarrando la bolsa entre los dos y nos fuimos al control de equipajes que ahora, lo que son las cosas, estaba desierto. Un último beso, un cambio de direcciones y de teléfonos. Llámame si el azar te sale otra vez al paso. Lo haré. Adiós. Adiós.

No todo había de ser tan fácil. Era evidente que el destino la había tomado conmigo, porque cuando, como decía mi tarjeta de embarque, me presenté en la puerta 19 arrastrando la bolsa de viaje porque iba con el tiempo justo y estaba segura de que ya no habría podido facturar, me encontré con que la pantalla anunciaba un vuelo para Moscú a las 18 horas, y la azafata de tierra que me atendió me vino a decir que sí, que mi tarjeta era correcta, pero que el vuelo había salido hacía más de una hora. «Pero aquí dice que el avión sale a las 17.35 y no son más que las 17.» «Lo sé, lo sé, tiene usted razón, pero no le puedo decir más, el vuelo de esta compañía ya salió.» Miró un papel que escondía en el fondo del pupitre. «Salió a las 15.35. Debe de haber habido un error. Deme su tarjeta, por favor.» «Sí, hombre, mi tarjeta le voy a dar, la única prueba que tengo para poder reclamar a la compañía.» «Como quiera, pero yo no puedo hacer más.» Y volvió a los ocultos pliegues de papel del fondo de su pupitre. Me dirigí inmediatamente a la compañía italiana y tuve la asombrosa e impensable suerte de que no estaba cerrada. «¡Ah! —dijo la empleada—. ¡Vaya por Dios! Finalmente se presenta usted, la pasajera que faltaba. La hemos estado llamando por megafonía varias veces, pero usted no se ha presentado.» ¡Me estaba riñendo, no me lo podía creer! «No pensará que, después de todos los percances que he tenido que sufrir por culpa de esta compañía, permanecería sentada en el aeropuerto durante toda la mañana por si a ustedes se les ocurría adelantar el vuelo. ¿No dice aquí que el avión sale a las 17.35?» «Deme su tarjeta», ordenó. «Ni hablar.» «Déjeme ver, pues», dijo más conciliadora. Se la puse ante los ojos y dejé que la contemplara a voluntad, pero ni la tocó. Al cabo de un rato, me miró más sonriente y reconoció que se había cometido un error con esa tarjeta y que el error no era mío. «Por lo tanto —dije, triunfante—, tienen ustedes que emitirme un nuevo billete para Roma.» Iré a Roma aunque sea de polizón, pensé, o yo no me llamo Lucy. Pero para mi asombro, no pareció sorprendida. Se fue hacia el interior de la garita, la oí hablar con alguien y volvió sonriendo: «El único problema es que no tenemos vuelo hasta mañana por la mañana.» «¡No me importa!», exclamé y añadí para mí, vamos a ver qué otras jugarretas me tiene preparado el azar. «Tiene a su disposición para hoy una habitación en el mismo hotel donde ha pasado la noche —dijo—, lo mismo que la cena y el desayuno de mañana. Pero no olvide que ha de estar en el aeropuerto lo más tarde a las 8.15 para recoger su tarjeta de embarque.» A punto estuve de ponerme sarcástica pero me limité a decirle: «Gracias», porque estaba admirada de tanta eficacia y amabilidad. Recogí los bonos y el billete, y me fui. De nuevo estaba deambulando por el aeropuerto, esa vez en busca de la salida, intentando recomponer el tiempo que tenía por delante. Hasta las 8.15 del día siguiente tenía una tarde y una noche libres. Llamé a Lorenzo. ¿Para qué voy a entretenerme en los detalles de la sorpresa y de la vuelta a la ciudad? Al cabo de una hora me encontraba en el mismo punto del muelle donde unas horas antes habíamos desembarcado, pero esta vez me recibieron los brazos cálidos de Lorenzo, en los que me hundí, feliz por los infinitos retrasos de un vuelo que, de no haberse producido en cadena como efectivamente había ocurrido, no estaría ahora cobijada en ellos, oyendo en la intimidad de aquel abrigo los latidos de un corazón que a ciencia cierta no podría decir de quién era. Así entramos en el camarote para esconder nuestros besos y cuando Lorenzo cerró la puerta, abrimos los ojos a la penumbra y nos dejamos sumergir en la misteriosa combustión de nuestros cuerpos. Zarpamos cuando el sol ya comenzaba a esconderse tras las montañas aunque su resplandor nos iluminaría aún durante mucho tiempo dibujando en el firmamento luces, formas y movimientos de etéreas nubes rojas y doradas. El viento había caído y era tal la belleza del aire y de la lejana ciudad bañada por el mar que no me hizo falta ninguna copa de vino blanco para extasiarme ante un panorama todavía nuevo para mí, nuevo por lo que tenía de decorado en movimiento, pero también porque suponía la inspiración de un momento único que, por avatares difíciles de comprender, yo me encontraba compartiendo su protagonismo con Lorenzo. Nada hay más dulce, dice el poeta, que una habitación para dos cuando ya no nos queremos demasiado. Y sin embargo ahora me parecía que nada había más dulce que esas horas de navegación lenta y pausada viendo cómo caía la noche sobre la costa y el mar, mientras yo abría brechas en el cuerpo y la intimidad de un hombre que en el mismo momento las abría en los míos, con cuidado, como si temiéramos gastarnos todo el tesoro de una vida en una sola noche. No supe hasta la mañana siguiente que esa clase de tesoros, tan difíciles de encontrar, no se vacían de su contenido, ni se gastan, ni se erosionan por más que se utilicen. Al contrario, se diría que van colmándose a medida que se desvelan y poco importa si el descubrimiento se produce con la calma, el detenimiento y la atención que extasían, o con la euforia y la pasión que arrebatan e incitan a no detenerse jamás. Volvimos al puerto cuando la luna se levantaba en el horizonte del mar. No le quedaba más que un gran segmento pero tenía la claridad mágica de un plenilunio que se esparcía por el universo. El bosque de mástiles apenas se movía y de vez en cuando una minúscula ola nacida tal vez en la ruta lejana de algún rezagado, chocaba con el casco dulcificando aún más aquel refugio que se había convertido en morada. Habíamos cenado en cubierta una sopa de arroz que cocinó Lorenzo, según dijo, su comida preferida en el barco, y una ensalada de tomates con atún. Brillaba el techo del tambucho y resbalaba el suelo de la cubierta. Lorenzo había traído gruesos calcetines y jerséis, y nos tumbamos los dos apoyados en grandes almohadones y cubiertos con una manta porque, a pesar de tener el sol en la piel, la humedad de la noche nos había recordado cómo es el frío. Y no bajamos al camarote hasta que oímos dar las dos en el reloj de Correos, o serían las campanas de Santa María del Mar, o de la catedral, o quién sabe si del Ayuntamiento. El ruido lejano de los coches y jirones de música nos llegaban de la ciudad y construían a nuestro alrededor un muro de charanga veraniega que aislaba del mundo nuestro reducido reducto en la oscuridad de la cabina. Fue una larga noche, tan larga como nos permitieron la imaginación, la fantasía, el deseo y la curiosidad. El sueño podía esperar. Era como si hubiéramos tenido el poder de detener el tiempo, o tal vez sólo de prolongarlo unas horas para postergar la salida del sol. De vez en cuando uno de los dos se levantaba para beber agua, porque las tribulaciones de la noche cansan el organismo y la sed nos recuerda que hay otro orden distinto del que creamos con la complicidad de los cuerpos y la cercanía de sus efluvios. Pero a medida que disminuía el rumor de la ciudad y el silencio se apoderaba del ámbito inmóvil del puerto, una claridad difusa iba naciendo por el horizonte. «Éste será un día de calor», dijo Lorenzo mirando por la escotilla y cerrando más la cortina, como si temiera que con el alba se disipara el hechizo que nos tenía encantados desde que nos habíamos reencontrado sabe dios cuántas horas antes. Pero a las seis y media de la mañana ya no había forma de detener por más tiempo la llegada del día. «Tendré que irme», dije casi en un sollozo. Apenas hablamos mientras nos vestíamos. El fresco del amanecer, el sueño, una vaga tristeza que luchaba por abrirse paso y esa sensación de que algo ha terminado nos tenían a los dos silenciosos. El alba, una vez hemos admirado las fantasías de su luz, pone de manifiesto el procaz desorden de la larga noche, magnifica la desazón y acentúa el cansancio, como si la piel del alma perdiera elasticidad y lustre. Y, sin quererlo en absoluto, rozamos la orilla del malhumor. Es entonces cuando más se agradece la última caricia.

Fue difícil encontrar un taxi en la ciudad desierta. Aquel día era domingo y domingo de agosto, además. Los ciudadanos que quedaban en la ciudad dormían y los turistas que conocen bien estas horas del amanecer debían de estar amedrentados por la soledad de unas calles que no auguraban ni la diversión ni la pátina cultural con las que pretendían llenar las mil horas de sus vacaciones, que para esto habían venido. Caminamos en silencio hasta la salida de puerto y seguimos por el paseo del mar hasta la Barceloneta. Un taxi perdido, medio dormido aún, que iba de retiro se avino a llevarnos al aeropuerto. «¿Por qué no te quedas? —preguntó una vez más Lorenzo sin demasiadas esperanzas—. Tú misma reconoces que no tienes nada qué hacer en Roma. Vas allí como podrías ir a cualquier otra ciudad del mundo.» Me arrebujé en su hombro buscando una comprensión que no lograría ya con las palabras porque mi insistencia no sólo era difícil de explicar sino también difícil de entender, incluso para mí. Y me dejé envolver por el brazo que se cerraba sobre mi espalda. Lorenzo, que debía de saber que la verdadera complicidad no precisa del entendimiento ni de la comprensión, sino que nace de la confianza y del respeto a la libertad del otro, no insistió y se limitó a sugerir los paraísos que podríamos visitar mientras, una vez más, separaba los mechones con los que el viento de la mañana se empeñaba en cubrirme la frente y los ojos. Yo, acostumbrada a tantas horas de penumbra, había entornado los párpados porque no lograba tolerar la luz del sol, más radiante y más potente a medida que avanzábamos por la autovía. «Navegaríamos, sin prisas. Iríamos hacia el norte y en unos días llegaríamos a Cadaqués, el pueblo más bello del mundo. Fondearíamos en la bahía y veríamos el sol de la mañana reflejarse en la mole del Pañí. Luego, con la chalupa, desembarcaríamos en la playa, iríamos a comprar la prensa a la tienda de Heriberto y tomaríamos el primer café sentados en la terraza del Marítim. Después haríamos la compra y volveríamos al barco huyendo de las multitudes, y durante todo el día recorreríamos las calas de piedras negras y agua transparente hasta el cabo de Creus. Si el tiempo fuera bueno y no soplara demasiado la tramontana, incluso podríamos doblar el cabo hacia Port de la Selva. Pescaríamos al volantín o echaríamos el curricán. Con los peces que pescáramos haríamos un caldo que nos serviría para la sopa de arroz, luego nos bañaríamos, nos tomaríamos un vino blanco y fresco y nos echaríamos la más deliciosa siesta que haya conocido la humanidad. Volveríamos a la bahía cuando se rizara la mar y el sol oblicuo dibujara los contornos de los montes que caen en picado sobre el agua. Cenaríamos en un restaurante del pueblo y cuando, cansados de charanga, volviéramos al barco nos sentaríamos en cubierta abriendo todas las posibilidades a la noche perpetuándonos, una vez más, en ella.» No me lo decía a mí, soñaba despierto con la visión de un paraíso que tenía al alcance de la mano y que, sin embargo, por la melancolía de su voz, comprendí que daba por perdido. «Si quieres —añadió aún—, dejaríamos también que el imprevisto se introdujera en nuestras vidas.» Hace años, cuando era niña, la profesora de literatura nos dio a leer *La mariposa y la llama*, un cuento de Azorín. De todas las lecturas de aquellos años, ésta es una de las que más ha permanecido en mi memoria y recurro a ella con tanta frecuencia que a veces pienso que los años y las reminiscencias han cambiado su contenido, y el asombro que me produjo el azar en la primera lectura se ha transformado en algo parecido a la fe, esa facultad del alma por la que creemos sin ver ni entender. En aquella mañana clara, con el cuerpo rendido, incapaz de tomar una decisión tan fácil por ser precisamente la que más se acercaba a mis deseos, recordé otra vez a aquella mujer, Leonor creo que se llamaba, empeñada en volver a ver la plazoleta de León. Y cada vez que lo intentaba surgía una nueva dificultad que se lo impedía. Pero en lugar de arredrarse, se diría que cada obstáculo fortalecía más su deseo y su voluntad de no faltar a una cita imaginaria con aquel lugar lejano que en su mente se había convertido en un objetivo inaplazable. No recuerdo cuáles eran esos obstáculos pero debían de ser del mismo orden que los que a mí me impedían ir a Roma. Obstáculos de funcionamiento, retrasos del tren o del coche, malas noticias que obligaban a retrasar el viaje, cosas así. Como los míos, porque de hecho ¿qué se me había perdido a mí en Roma? Nada. Había estado en Roma varias veces y ahora, lejos de ser la ciudad que conocía y que precisamente por esto podría visitar mejor, no era más que la ineluctable necesidad de alcanzarla, de llegar a ella, me dije tal vez para justificar y tratar de entender las barreras que el destino, o el azar, había levantado entre ella y yo. El obstáculo que ahora se me presentaba, la tentación de quedarme con Lorenzo, era quizá el último y desde luego el que más me costaría vencer. O bien podría ser también que, del mismo modo que era incapaz de abandonar un libro a la mitad, no quisiera dejar incompleto un camino que había comenzado con voluntad y sobre todo curiosidad, porque no le veía sentido a detenerme ahora, por fascinante que fuera el panorama que se me ofrecía. Pero, con la reflexión venía el miedo. ¿No sería mi empeño tan nocivo como el de la dama que quiso a toda costa vencer los contratiempos y acercarse a la plazoleta de León? ¿No encontraría, como ella, la muerte con la bala perdida de un pistolero en el mismo momento de alcanzar mi destino? Y si así fuera, ¿tenía sentido huir? ¿No sería mejor vencer el último obstáculo y dejar así el camino expedito? El cansancio es un motor que pone en marcha elucubraciones amenazadoras e imagina desastres, y en la lentitud con que funcionaba mi mente, fueron apareciendo las catástrofes que me esperaban. Consciente de ello, me arrebujé aún más en el brazo de Lorenzo, y me entretuve en repasar con mis dedos los de su mano y escuchar los susurros de su voz en mi oído. Susurros ahora ya sin argumento, sin contenido, casi sin palabras, susurros que sustituían contactos más apremiantes y prometían la renovación de una felicidad bien conocida. Habíamos llegado. Lorenzo me acompañó a recoger la tarjeta de embarque. Anunciaron la salida del vuelo por megafonía y nos despedimos apartándonos de la cola para que entraran todos los pasajeros. En el último instante, cuando ya nos habíamos besado por última vez, se desprendían nuestros dedos y la distancia empezaba a interponerse entre los dos, me miró y dijo: «Yo soy tu azar, ¿no lo comprendes?». «Tal vez sí —respondí—, no digo que no. Pero tengo que ir a Roma a ratificarlo, como los antiguos peregrinos iban allí para alcanzar el perdón de sus pecados.» Sonrió y yo también sonreí. «Vuelve pronto, Lucy —dijo aún—. Aquí estaré.» El sentido de mi decisión se volatilizó cuando hube ocupado mi asiento en el avión y me di cuenta de que no había vuelta atrás. La impaciencia porque pasara el tiempo que me quedaba antes de volver comenzó a torturarme, ¿seré idiota? Cuando a la mitad del vuelo logré tranquilizarme con el café y la visión etérea del decorado de nubes entre cuyos claros distinguía el azul del Mediterráneo, volví a recordar *La mariposa y la llama*. ¿Y si el final de esta historia, pensé recuperando de improviso el imparable terror que a veces me entra en los aviones, fuera como en el cuento de Azorín que la mariposa acaba siendo devorada por la llama? ¿Y si estuviera a punto de producirse la gran catástrofe entre el cielo y el mar? Cerré los ojos y crucé los dedos. Deseé tener poder sobre el tiempo para comprimirlo, desprenderme del miedo, de la esclavitud del azar, y volver sana y salva al puerto de Barcelona para continuar aquella otra historia que había dejado a medias. De todos modos, ¿no había sido el azar el que me había desvelado la naturaleza de mis deseos y necesidades? Lo que se desea de verdad acaba por ocurrir. Y, dejándome mecer por la somnolencia y la dulzura de esa esperanza, me quedé dormida.

ZOÉ VALDÉS

Pelos y señales

ZOÉ VALDÉS (La Habana, 1959) es narradora y poeta. Entre sus novelas figuran *Sangre azul,* finalista del Premio La Sonrisa Vertical, *La nada cotidiana,* Literaturpreis 1997 de Francfort, *Te di la vida entera,* finalista del Premio Planeta 1996, *Lobas de mar,* Premio de Novela Fernando Lara 2003, *La eternidad del instante*, Premio de Novela Ciudad de Torrevieja, y *Bailar con la vida.* Ha sido condecorada como Chevalier de la Légion d´Honneur francesa y nombrada doctora *honoris causa* por la Universidad de Valenciennes.

Me duele la cabeza, hace cuatro días que me duele la cabeza. Los senos me pesan, los pezones se han inflado demasiado y se han puesto rosados y grandes. Estoy parada delante del espejo, mi cuerpo ha cambiado, las caderas ya no son estrechas como antes, la piel es más blanca, y las manos empequeñecieron. Estoy detenida delante de mí, desnuda, apenas reconozco mis gestos, y mi voz es un susurro que cambió de timbre. Recuerdo hace muchos años, frente al espejo de la coqueta, en casa de mi madre, yo tendría unos quince años, no me gustaba mirarme desnuda, rehuía de la desnudez. Mis senos eran pequeños entonces, los pezones oscuros y engurruñados, la cintura casi pareja con las caderas, los muslos largos, entre ellos cabía la mano abierta de Gnossis, las piernas finas, los pies inquietos, tenía la voz chillona, aún cuando intentaba hablar bajo. Puse mi dedo entre los labios de mi sexo, y enseguida lo quité, por miedo a hacerme daño.

Mi pelo siempre fue fino, largo, sedoso, lacio. Ahora es frágil, pajizo, más lacio que nunca, y menos largo. Hacía mucho tiempo que no me detenía ante mí misma, a apreciar mi pelo, a reconocerme en mi envoltura, que es este cuerpo dulce y trajinado. Siempre estoy apurada, corro de un sitio a otro, no tengo tiempo ni para observar mis manos. Su geografía me asombra, venas, montículos, pequeñas arrugas, dos manchas de aceite caliente que me salpicó y me quemó. Amo mis manos, ahora las beso, como si fuera un hombre quien las besara. Hoy, en un día tan señalado, 8 de marzo, día de la mujer, nadie me ha felicitado. Mi marido lo ha olvidado. Mis amigas también. Yo apenas acabo de acordarme, cuando encendí la computadora y fui a leer los periódicos, que tampoco aportan mucho acerca de la conmemoración.

Cogí la bata para vestirme, reflexioné unos segundos, decidí no hacerlo. Salí del baño, caminé desnuda por el pasillo, hacia el estudio donde tengo el caballete, los pinceles. Si entrara alguien de súbito. Nadie entrará. Estoy sola, estaré sola durante el día, durante muchos días. Llegó la época de estar sola. En el caballete había montado esta mañana un lienzo virgen. Primero me dibujé, de memoria, y me salió aquella chiquilla de quince años, fugada de su cuello, añadí unas líneas con el creyón oscuro, y siempre de memoria, me dibujé, tal como soy ahora. Una mujer de cuarenta y siete años, a la que hace cuatro días que le duele intensamente la cabeza, ningún calmante ha conseguido aliviarme. Sería capaz de cortarme la cabeza de un tajo, con tal de acabar con el dolor. Me reí sola, del chiste, que por cierto es bastante malo.

Empecé a darme color; mientras el pincel recorría mi carne, o los trazos imaginarios de ella, pensé que podría volverme loca de una migraña. Mi tía materna, se ponía a aullar como una loba siempre que había luna llena, padecía de unas atroces migrañas que la dejaban extenuada. Se pasó la mayor parte de su vida atacada por las migrañas, y la otra parte, tirada en una cama, convaleciente de las migrañas, como si esperara a que volviera el próximo aguijonazo en el cerebro. Se casó joven, a los trece años, en contra de su voluntad, con un hombre mucho mayor que ella. Su marido no pudo soportar aquellos alaridos que lo acompañaban desde hacía treinta años, se colgó de la viga de un tabique. Mi tía, a partir de ese momento, no padeció nunca más ni un mínimo malestar en las sienes. Y como era todavía joven, se volvió a casar, y tuvo un par de jimaguas preciosas.

Hace unos días asistí a la consulta de la ginecóloga. Me hizo el tacto, todo bien a primera vista, me envió a hacerme una ecografía de los ovarios y otra mamaria. Me apretó las tetas, tan duro que me corrieron dos lágrimas, dijo que creía que todo iba bien. Esa misma tarde fui a la consulta del radiólogo, me cogió la teta, me la puso encima de un cristal y con otro cristal, me la aplastó hasta que solté un grito, lo mismo hizo con la otra teta. Un horror esto de tener tetas para que un especialista te las comprima entre dos vidrios. Nada, todo va perfectamente. No tengo cáncer. Llevo meses creyendo que tengo cáncer, y en cinco segundos me quito esa idea de la cabeza, me olvido del cáncer, y vuelvo a encender un cigarrillo. Había dejado de fumar desde que empecé a creer que estaba minada, hace exactamente seis meses, con tres horas y veintisiete minutos.

Llevo la cuenta porque lo anoté en la agenda, cada día me pongo más estricta con la precisión de las cosas, del tiempo.

Mi cuerpo está solamente cansado, lo demás va bien, que es lo principal. Pero a mí me sigue doliendo enormemente la cabeza, a tal punto que cuando me duermo, cuando consigo finalmente pegar un ojo, me despiertan los latidos en las sienes. Me molesta la luz, cualquier ruido se multiplica por mil, y se me cae cualquier cosa de las manos. Decididamente, algo sucede en mi cuerpo. Me siento además ajena de mí, debo redoblar fuerzas, es como si todo lo que hago me costara el doble de tiempo y de esfuerzo. Hago el amor con mi marido, no es falta de rabo lo que tengo, pero debo confesar que me agradaría que fuese más tierno, más cariñoso. Antes no aguantaba sus manías de acariciarme y besuquearme todo el tiempo, pero con la edad, me he puesto ñoña, y me gustaría, para qué negarlo, que se currara más los preámbulos.

Delineé con el pincel un ojo, y hasta en el lienzo la mirada me pareció absorta a causa de la fatiga. Volví al baño, me contemplé en el espejo y entonces me vestí airada. Nunca he tenido la conciencia de que estoy envejeciendo, en mi mente sigo siendo una joven que corre de un lado para otro, que hace esto y aquello, y resuelve lo imposible. Las arrugas no me las veo, decidí hace tiempo que interpondría un velo entre ellas, el espejo y yo. No tengo tiempo para regodearme en la paranoia de la decadencia.

Antes de ponerme el pantalón me dije que debería

afeitarme todo el cuerpo de nuevo, quitarme todos los pelos, como había hecho antes, en distintas ocasiones. La primera vez, lo hice por amor, por una decepción amorosa. El tipo y yo nos peleamos, y en protesta, llegué a casa cogí la tijera y la máquina de afeitar, me corté el pelo, luego me afeité las cejas, el cráneo, las axilas, las piernas, la pendejera del pubis. Me dejé sin un pelo. Cuando el tipo me vio empezó a caerme detrás de nuevo, le gusté calva, y sin cejas, y le hizo tremendo cerebro que le dijera que me había quitado también los pelos de la tota y del culo. Se babeaba, los tipos son así, una mierda de estúpidos. Por su culpa las cejas se me empobrecieron, porque quiero que sepan, que los únicos pelos que no se recuperan son los de las cejas, esto me lo confirmó Regina Ávila, la autora de *Bolero ma non troppo, amiga mía.*

Las otras veces fue por comodidad, empecé a aborrecer mi cuerpo, y mis pelos, sobre todo mis pelos, entonces me depilé toda. Aunque en estas ocasiones me dejé los pelos de la cabeza, sólo ésos. Y me iba a la playa a abrirle las piernas al mar, a esparrancarme en las olas, que es como me apasiona vivir a mí. Flotando en el mar, con la cara al sol, y las piernas abiertas, y el agua que juguetee con mis nalgas.

En mi primer embarazo necesité de nuevo la presencia de los vellos, y sólo me los recorté un poco a la hora del parto. Yo jamás me he sentido mejor que las veces en que he estado embarazada, ya sé que hay mujeres, la gran mayoría, que sienten lo contrario, y que detestan, argumentan que por feministas, que algunas mujeres confesemos que nos hemos sentido maravillosamente bien durante la preñez. Lo siento, soy feminista, pero no imbécil, y digo lo que pienso. No voy a mentir a nadie por ninguna causa de cualquier clase, me he sentido divina en el tiempo que he llevado a mis hijas dentro.

Yo siempre quise tener tres o cuatro niños. Tuve tres hembras. Mis tres soles, mis tres lunas, mis tres universos. Somos cuatro mujeres en la casa. Y cada una vive una época diferente. Y con mi madre representamos las diferentes edades de la mujer. Podríamos salir retratadas en fila en un libro de antropología o de biología, nuestros cuerpos servirían para ser estudiados minuciosamente en el crecimiento del ser humano. Curioso, mi madre es más pequeña que yo, yo soy más pequeña que mi primera hija, mi primera hija es más pequeña que la segunda y la segunda todavía más que la tercera. O sea que la última de mis hijas es la más alta de todas nosotras, tiene más senos que cualquiera de nosotras, y es la que más asentada tiene la cabeza. Cumplirá en el mes de abril catorce años. Y no hay manera de que le digamos de joda, que qué buena está, que qué tetas y qué culo ha echado, qué que alta se ha puesto, que hasta cuándo piensa crecer. Todo eso la saca de quicio, y nos da unos desplantes que no puedo decir otra cosa, no acabo de entender. Porque en mi época yo hubiera dado lo que poseyera de mayor valor porque me tiraran semejantes piropos. A mí siempre me reprochaban que estuviese tan reflaca, mi madre no cesaba de aconsejarme que sacara nalgas y pecho porque ningún hombre repararía en mí si seguía caminando tan encorvada y tan metía p'a dentro de culo. Con esta niña es todo lo contrario.

Hasta hace sólo unos meses yo continuaba depilándome, hasta que de pronto tuve una necesidad imperiosa de volver a tener vellos, y me dejé crecer todos los pelos, menos los de las axilas, no soporto los pelos en los sobacos, ni en los de los hombres. Tenía razón Luisa cuando decía que pintar cabellos era lo más difícil en la pintura. Y ahora estoy con el pincel en la mano, reproduzco mi pubis, piloso, escondido el clítoris, camuflada la ranura, la herida. ¿Cómo serán las mujeres del siglo XXII? Vaya pregunta tonta.

¿Dónde andará la escritora argentina Luisa Futoransky? Fuimos muy buenas amigas, conservo un recuerdo muy nítido de su amistad. Nos sentábamos en el café al que le gustaba ir a Marguerite Durás, porque le quedaba debajo de su casa, y nos guarecíamos allí del frío, que entonces era realmente invierno, con poco dinero, a soñar con los libros que nos gustaría escribir. Ella acababa de terminar uno sobre el pelo, la importancia de las cabelleras en la historia del arte, más tarde escribió y publicó su hermosa novela titulada *Pelos*. Yo le conté muchas anécdotas de mi experiencia con los pelos. Mi mayor asco es ver un pelo en la comida. Me gusta oler los cabellos de los bebés, y luego cuando van creciendo ese olor va impregnándose de personalidad, y ya cuando son adolescentes, el olor es realmente una persistencia, una reafirmación de esa personalidad forjada. El pelo es una marca de identidad importante. Una señal de que el cuerpo cambia. Luisa Futoransky investigó mucho, y le salió un libro magnífico. Me preguntó, una de aquellas tardes en que mi temperatura siempre era gélida, que por qué no escribía yo un libro sobre otra parte del cuerpo. Le respondí que a mí lo que me llamaba realmente la atención del cuerpo eran los pies. Entonces eso la hizo reír a carcajadas, porque a ella precisamente los pies le daban una repulsión enorme. Y quedamos en escribir algún día de manera conjunta, un libro que se titulara *De la cabeza a los pies*, en el que ella se ocuparía del cabello y de las partes pilosas del cuerpo y yo de los pies y de las partes lisas de la piel, de los poros abiertos. A cada rato Luisa hablaba del tema de la vejez de la mujer, y su rostro sonreía tristemente, y se tornaba sombrío. Había sido una bellísima mujer, de cabellera rojiza, y con los años seguía siendo una bella mujer, con un carácter fuerte, pero con un humor extraordinario. ¿Dónde andará ahora Luisa Futoransky con sus historias de pelos? En aquella época mi primera hija aún era pequeña, después tuve a las otras, y nunca más volví a ver a Luisa. Ella se fue a un largo periplo por el Medio Oriente.

Uno los pies, las piernas se juntan, entre los muslos ya no cabe la mano abierta de Gnossis. Tengo la piel firme todavía, los músculos tensos, siempre hice mucho deporte, y el cuerpo tiene memoria, y es agradecido. Alguien introduce la llave en la cerradura. Es mi hija pequeña que ya es tan alta que debo empinarme para besarla; corro al cuarto, me visto.

—Mamá, ¿qué has estado pintando?

Se ha parado delante del cuadro, todavía con la mochila a sus espaldas. Los *jeans* le arrastran, los brazos le cuelgan. Muerde una manzana roja.

—Me estuve pintando a mí misma. ¿No me reconoces?

—¿Eres tú? Nadie lo diría.

—No has comido nada.

No sé por qué he cogido la manía de adivinar cuando la gente no come nada.

—Me puse a dieta.

—¿Y eso? ¿Tú sola? No estás gorda y eres menor de edad, no puedes ponerte a dieta sin decirnos nada a mí y a tu padre.

—Tú siempre dices que papá entra y sale, que no le diga nada, que es como si ya no viviera con nosotras.

Pensé que debería reflexionar más antes de decir en voz alta las verdades. Es cierto que cada vez con mayor frecuencia nos vamos convirtiendo en tres mujeres solas que desordenan y ordenan sus cuartos.

Mi madre vive en el cementerio. O sea se ha muerto hace seis años, pero a cada rato vuelve, se me sienta en la silla de la entrada, desnuda, y siempre tan joven y tan ligera se pasea por la casa, aferrada a mi mano. Hasta que me da un manotazo, se suelta de mi mano, y vocifera que está bueno ya de repetir las mismas anormalidades, que yo la aburro hasta morirse. Y regresa por donde mismo vino, por el hilo que ha cosido uno de mis sueños a una nube de peluche. Cuando mi madre reaparece, mi cuerpo recupera sus bríos y cuando se larga, caigo otra vez en el pesimismo, en la inseguridad, en la torpeza.

—Tienes que comer normalmente.

Mi hija revira los ojos, muerde la manzana roja con sus dientes fuertes y blancos, sus encías son rosadas, sus labios como una fresa reventada.

—¿Hace frío?

—¿No has salido hoy?

—Me bañé y me puse a pintar.

—¿Sólo eso hiciste durante todo el día? —me reprocha con la boca abierta a punto de morder por no sé cuánta vez la manzana roja.

—¿Qué quieres? No entiendo por qué no me alcanza el tiempo.

—Deberías ver a un especialista.

—¿Un especialista de qué? Y tú y yo deberíamos consultar a un nutricionista. Primero porque no encuentro que estés gorda para que te me pongas a dieta… Espera, ¿por qué crees que debo ver a un especialista, y todavía no me has dicho de qué?

—Un especialista de mujeres maduras.

—Ah —e inmediatamente me parto de la risa o finjo que me parto de la risa—, porque seguro piensas que soy una mujer madura con problemas…

—Lo eres… Esa pintura que has hecho de ti, desnuda, con la boca tan rara.

—Es una boca deseosa.

—¿Una boca deseosa?

—Dejémoslo, las obras de arte no se explican…

—Mamá, ¿deseosa de qué? No de comer, desde

luego… Es una cosa funesta, degradante, pintarte como te has pintado, me avergüenzas, me pone mala ver a mi madre así, tan impúdica, con la boca tan abierta, se te ve la lengua…

—Es un retrato de cómo fui yo y cómo soy ahora.

—Ya, ahora entiendo un poco más, pero de todos modos… En fin, te dejo, tengo que hacer los deberes, antes tomaré una ducha.

Quiero besarla, se deja besar, esquiva, ya no me enlaza con sus brazos como cuando hasta hace sólo unos años era una niñita, y se asía a mi cuello y me llamaba mamita linda. Le huelo la nuca, huele a pupitre, a lápiz, a goma de borrar, a escuela. Los olores de la adolescencia no han cambiado demasiado.

—Ve y lávate las manos. —Otra obsesión, mando a todo el mundo a lavarse las manos.

—Te dije que voy a ducharme. Mis hermanas no vienen a cenar esta noche, llegarán tarde.

—¿Por qué no me han llamado?

—Por ahorrar móvil. Y como nos hemos cruzado en la calle, pues me han pedido que te lo dijera.

—Tu padre llegará tarde también. ¿Qué quieres cenar?

—Una pizza en mi cuarto. Vendrá Elisa, una amiga mía, tenemos una película para esta noche.

—¿No dijiste que estás haciendo dieta?

—Bueno, será la última pizza que me coma, tengo que celebrar el comienzo del régimen alimentario…

—Les cocinaré algo rico… Unos frijoles negros…

—Frijoles ni hablar, y no pretenderás que cenemos

contigo, velas, manteles, servilletas, y toda la parafernalia que armas en la mesa… Perderíamos tiempo, se nos pasaría la película.

No insisto, hace tiempo que sé que no debo insistir si quiero lograr algo, hace tiempo que me quedé sola. No tengo amigas, mis amigas se mudaron a otros países, o siempre han vivido lejos. Y a los cuarenta años ya no creo que se puedan hacer nuevas amistades de verdad, como las que se inician en la juventud.

Recojo los pinceles, con uno de ellos me levanto el pelo y me lo recojo en un moño. Mi madre siempre detestó a las mujeres que se levantaban el pelo en un moño con gesto hastiado. Como también despreciaba a los hombres que seducían de manera obvia.

—Tu marido es demasiado obvio, todo en él es obviedad a pulso —me repetía poniendo una coma de extenso silencio, suspiro incluido, entre la primera y la segunda frase.

—Mami, pero yo lo quiero —que es como respondemos todas las esperanzadas del mundo, y seguía embobada con la idea de que ser obvio era el modo que tenía mi marido de querer.

Hasta que en cierta ocasión, en una fiesta, me di cuenta de que Emilio era obvio sólo conmigo, con los demás resultaba encantador, novedoso, pleno de ideas y de vida. Conmigo se aburría, con toda evidencia, pero no debido al paso del tiempo, a los años de convivencia, conmigo se había aburrido desde el primer día. Se lo pregunté, esa misma madrugada, en la cama. Con la almohada encima de los ojos musitó:

—No sé de qué me hablas… —alargó su mano, me cogió una teta, me la exprimió, como mismo me la había exprimido la ginecóloga, con la otra arrasó una de mis nalgas—. Todavía me gustas un montón, ¿no te basta con eso?

No, no me bastaba con eso. Se lo conté a una amiga mía que vivía en Tanzania, por carta, desde luego. Su respuesta demoró dos años. Cuando su carta llegó ya ella se había mudado a Boston. Conseguí su nueva dirección y teléfono a través de una tercera amiga, que se instaló en Río de Janeiro casada con un hombre podrido en plata, como dice ella misma de su propio esposo. La llamé.

—Hola, Nivia, me llegó tu carta.

—¿Qué carta?

—Tu respuesta de hace dos años, de aquella carta mía en la que te preguntaba qué creías de un marido que te singa como un mono…

—No me acuerdo de mi respuesta…

—Para decirte la verdad, desoladora. Me decías que desde tu ventana veías cómo singaban los monos, y que ya hubieras querido tú por un día de fiesta que Alfonso te templara de esa manera… Que no me quejara tanto, que tenía suerte de que Emilio conservara aún la emoción de la especie… Pero yo hablaba de sentimientos, me refería a una cosa muy especial en mi cuerpo, en el cuerpo de las mujeres…

—Sí, ya sé, olvida el tango y canta bolero… Es una batalla perdida, la de la edad, las arrugas, la vejez, el cuerpo que ya no es el mismo, que no te responde como tú quisieras… Mira, yo me hallaba en Tanzania, dando la batalla con una ONG, descubrí que mi marido se estaba templando a una negrita jovencísima en mi cama… Dejé todo, me largué sin decir ni una palabra, tomé un maletín de mano y vine a Boston, a casa de una amiga… Por correo le envié las firmas de renuncia de todo lo que poseíamos juntos, y los papeles del divorcio… Me hice unas cuantas cirugías estéticas, un tatuaje en la nuca, otro en el tobillo, una luna árabe preciosa. Trabajo como una perra por el día, y por la noche me voy a bailar con gente joven. No me quedo en la casa a esperar nada, ni siquiera necesito que me hagan el amor, o que me templen como a una salvaje… Sólo desconecto, y sanseacabó… Es lo mejor, te lo aconsejo. Hasta que me toque el cáncer, o me destripe la bomba de un terrorista.

Colgué el teléfono, me puse a lloriquear. Pero odio lloriquear, me sequé los ojos con el trapo de la cocina embarrado en mango.

—¡Niña, te he dicho que no te limpies las manos sucias de comida en este trapo que uso para limpiar la mesa! —grité.

—¡No la cojas conmigo, mamá! —me respondió a grito pelado mi hija desde su cuarto.

Me vestí automáticamente, quise salir para ir a alguna parte, para «desconectar» un rato, pero no conocía ningún sitio, y el mero hecho de atravesar el umbral de la puerta me daba una inseguridad espantosa. No deseé gastar más dinero en telefonear a amigas lejanas, ocupadas en sus asuntos privados, no quería molestar a nadie más. Entré en el *atelier*, halé una silla, la luz de la luna llena daba en pleno centro del cuadro aún sin terminar. Me dolía intensamente la cabeza, me pesaban los senos, sentí el líquido caliente entre mis piernas, el de todos los meses, el sorpresivo fluido. Fui al baño, mi sangre era babosa, apenas rosada, el olor de mi sangre había cambiado, olía como a vino asentado, a vinagre, no sé... un olor a muerte. Me apreté el pulso con dos dedos, conté las pulsaciones, noventa por minuto. La nuca me latía desenfrenadamente; me dije que mañana, en ese mismo lugar me tatuaría una media luna.

París, 8 de marzo de 2007

CARMEN AMORAGA

Como un ancla

CARMEN AMORAGA (Picanya, Valencia, 1969) es licenciada en Ciencias de la Información y ha desarrollado diferentes labores como periodista para la radio y la televisión. Es columnista en el diario *Levante-EMV* y la *Cartelera Turia*, y colabora en tertulias en Punto Radio, Radio 9 y Canal 9 TTV. Con su primera novela, *Para que nada se pierda*, obtuvo el II Premio de Novela Ateneo Joven de Sevilla. Posteriormente ha publicado las novelas *La larga noche*, Premio de la Crítica Valenciana, *Todas las caricias* y *Algo tan parecido al amor*, finalista del Premio Nadal 2007, además de *Palabras más, palabras menos*, una recopilación de sus artículos en prensa.

Conozco la historia de una mujer que amó demasiado y pareció morir de puro olvido, como está escrito que deben de ser las buenas historias de amor. Tenía un novio. Uno de los de toda la vida; un piso, nuevo, en el centro, que ponían los padres de él y un ajuar completo que su madre había atesorado con sacrificio y con mimo desde que nació, dando por sentado que el único destino de una mujer era el matrimonio: sábanas de hilo, mantelerías de lino, toallas de rizo, visillos y cortinas con bodoques, cubertería de alpaca, vajilla de porcelana, cristalería de la mejor calidad. Su novio era bueno. La quería de verdad, y la respetaba. Nunca le hizo daño, ni se le pasó por la cabeza tratarla mal. Para él, era sagrada. No tenía otra cosa en el pensamiento más que el día en el que por fin fuera su mujer, el día en el que todos sus sueños dejarían de ser eso, sueños, y podría hacerlos realidad. Aunque, bien pensado tampoco tenía muy claro qué era lo que quería materializar, qué era lo que querría hacer con ella cuando a ese largo día le siguiera una noche larga. En sus fantasías, al beso con el permiso del cura, «puedes besar a la novia», le seguía el de la mañana siguiente, y entre medias, no había nada. Nada que se atreviese a imaginar, al menos.

Eso era lo que más martirizaba a Marina: la certeza de que a Manolo le faltaba la sangre dentro de las venas, la seguridad de que él no era capaz de figurarse cómo era ella en realidad. Para él, no era más que una buena chica, una chica decente, honrada, pudorosa, sin más deseos que los de darle hijos sanos, varones a ser posible, con los que perpetuar su nombre. Y sin embargo. Pobre Manolo. Pobre Marina. Ésa era sólo una de las Marinas que había dentro de ella, porque dentro de una misma persona puede haber muchas, muchas personas, y en su interior, compartían espacio la Marina que confesaba sus pecados después de misa, todos los domingos, con la cabeza gacha y la voz entrecortada por el miedo a que el cura descubriese su mentira: he sentido envidia de una compañera de trabajo porque le han subido el sueldo, he tenido la tentación de dar mal el cambio a una clienta y quedarme con la sisa, pensé que no pasaba nada si me llevaba a casa una faja para mi abuela porque se la regalaría para su santo, le he dado un pellizco a un niño que me revolvía el género cuando su madre no se ha dado cuenta. «¿Eso es todo?» «Uy, padre, qué cosas tiene… Claro que eso es todo.» «¿Estás arrepentida?» «Mucho padre, mucho, no se supone usted cuánto.» «Reza cuatro yo pecadores y dos Avemarías, y un Credo y pídele perdón al Señor por todas tus faltas, porque… ésos son todos tus pecados, ¿no? No te guardes ninguno, Marina, porque Dios todo lo ve.» «¡Qué cosas tiene usted, padre…!», repetía Marina, y se santiguaba, y volvía a su banco a hincarse de rodillas con la cara entre las manos cruzadas. «Yo, pecador, me confieso a Dios todopoderoso, a la bienaventurada siempre Virgen María, al bienaventurado san Miguel Arcángel…», rezaba Marina, y en el fondo de su corazón suplicaba a Dios que el padre José Carlos le hubiera dicho una mentira y Él no supiera que junto a la Marina que pedía clemencia por sus culpas vivían otras, otras Marinas: la que tenía que fingir que no sentía ira, ni celos, ni rencor, la Marina que se preguntaba por qué no se podía comer carne los viernes o cómo era que habíamos venido a este mundo nada más que a padecer, la Marina que no tenía nada claro que la Virgen María fuera madre siendo como era eso, es decir, virgen, y, sobre todo, la Marina que estaba cansada de esperar. Mejor dicho: la que estaba desesperada. La que no podía soportar la idea de que los días fueran iguales uno tras otro, tan iguales que sólo se diferenciaran en el nombre. Lo mismo daba lunes que jueves, martes que domingo. Estaba cansada de paseos por el parque, de las pipas en el banco, de las cáscaras que se le quedaban pegadas en el dobladillo de la falda, de los besos con sabor a sal en el portal, de los labios que se tensaban al rozar los suyos, de las manos sudorosas que se posaban un segundo, tímidas y asustadas, en sus caderas, de los ojos que suplicaban perdón por semejante atrevimiento. A ella le daba igual quedarse ciega, total, para lo que había que ver. Lo único, por las novelas, que si perdía la vista, ya no podría leerlas, pero incluso estaba dispuesta a pasar por ese suplicio a cambio de que cualquier día, mientras limpiaban las juntas de los azulejos verdes del baño, Manolo llegase por detrás y le arremangase la falda sin preguntarle ni si podía ni si debía, sobre todo después del día en el que Felisa, una compañera de los Almacenes Lolín en el que su madre la puso a trabajar cuando tenía trece años, le contó con pelos y señales todas las cosas que le pedía su marido en la cama: que se desnudara del todo, que le tocara *aquí*, que le chupara *allá*, que se le subiera a horcajadas como si le montara, que se le pusiera a cuatro patas como una perra, que le dijera cosas en voz muy baja, que le susurrara cochinadas al oído, y cosas por el estilo.

—Y el cura, ¿qué te ha dicho?

—¡Ay, niña! ¿Qué crees que me va a decir el cura? No me seas mojigata, que tú ya estás en capilla. Éste es mi regalo de bodas: haz todo lo que tu marido te pida, y disfrútalo sin pensar ni en Dios ni en el cura, que verás qué bien lo vas a pasar

—Pero una cosa así tiene que ser pecado...

—¡Pecado! —Felisa puso los ojos en blanco—. Ayyy... Eso es la gloria bendita, hija mía. Hazme caso, y en esto otro también: lo del pecado no es más que una trampa de los curas para tenernos bien cogidos por los huevos.

—¿Y quién te ha dicho eso, si puede saberse?

—Mi marido me lo ha dicho, chiquilla.

El hecho de que la información hubiera partido de un hombre tan claramente pecador y depravado no le quitó su valor. Marina no podía apartarse de la cabeza esas imágenes, y por más que la idea de que su Manolo de toda la vida la pusiera en ese apuro le daba repelús, tampoco era capaz de evitar cierto cosquilleo, ahí abajo, cada vez que se representaba la escena en su imaginación. Era como una enfermedad frente a la que no había nada que hacer más que rezar, rezar para salvar su pobre espíritu de pecador, y seguir rezando para que Dios nunca descubriera los secretos de todas las Marinas. A veces se avergonzaba de sus pensamientos. Pero los tenía, qué le iba a hacer, y estaba agotada de aguantárselos. Y estaba consumida de tanto respeto. Por eso se marchó loca de amor tras el primero que se lo faltó.

Se llamaba Enrique Alario. Tenía un bigote fino, de galán de cine trasnochado, ennegrecido con tinte del pelo para darle lustre, y siempre llevaba un cigarro pegado a los labios, como dejado caer. Era representante de corsetería y la conquistó a base de perseverancia, gentilezas, bragas y sostenes de lycra de todos los colores que le dejaba a precio de risa, «para que esté usted más guapa que ninguna, señorita Marina», le decía con una sonrisa de medio lado que parecía que haría caer el pitillo. «Qué cosas tiene, señor Alario», contestaba ella con fingida turbación. «Y si usted me dejara, se las regalaría de la misma seda de la que debe de ser su piel. Pero como no me deja, me conformo con hacerle rebajas», insistía él. Así estuvieron varios meses, broma va y broma viene, a escondidas de los jefes de Marina y de las clientas de la sección de ropa interior de señoras, hasta que la pobre Marina se dio cuenta de que estaba en un callejón sin salida, con un matrimonio en capilla, como le había dicho Felisa, y con el señor Alario colándose en sus pensamientos cada noche, en las mismísimas horas en que su pobre Manolo de toda la vida se debatía entre su instintos más bajos y su fe cristiana.

—¿Sabe usted que me caso dentro de un mes? —le preguntó una mañana al representante.

El hombre la miró durante unos segundos antes de contestar.

—Sí, lo sé, Marina. Y bien que lo siento porque si por mí fuera, yo sería quien la llevaría al altar.

—Pero eso no le impide ir al cine con Luisa, la de perfumería.

—No, ni con Paquita la de ropa de recién nacidos, ni con otras a las que usted no conoce. Yo soy como soy, señorita Marina. Tengo ya treinta y cinco años y no creo que pueda cambiar a estas alturas. Yo no soy como su novio de usted.

—Y aun así, me dice que me llevaría al altar.

—Lo digo, y lo mantengo, señorita.

—Verá… No sé cómo decírselo… —carraspeó—. No sé cómo decírtelo, pero es que a mí me parece que no estoy enamorada de mi novio, Enrique.

Era la primera vez que le tuteaba, y acortar de golpe esa distancia la ruborizó más que la confesión que estaba dispuesta a realizar.

—¿Y eso, Marina?

—Es que mí lo que me parece es que de quien estoy enamorada es de ti.

Guardó silencio, esperando una reacción, pero el señor Alario, Enrique ya desde entonces y para siempre, no se inmutó. No dijo nada, ni manifestó sorpresa ninguna, como si siempre lo hubiera sabido. Simplemente, se apartó el tabaco de la boca y la besó con la mayor naturalidad del mundo. Y a Marina, acostumbrada como estaba a los besos salados con la sal de las pipas, aquel beso con sabor a humo de tabaco negro que se le colaba por la garganta y le daba ganas de toser le pareció el más apasionado que había imaginado nunca. Es más, aquél *fue* el más apasionado que Marina había imaginado nunca, pues ni en las novelas, ni en las películas ni mucho menos en el portal de su casa se daban besos de calibre semejante. Mientras la besaba, sin importarle ni las demás dependientas, ni las clientas, ni el pobre Manolo ni Cristo bendito, Enrique le puso las manos encima de las nalgas y, sin sutilezas, le susurró al oído: «Pero qué culo tienes, Marina, qué culo». No añadió «por Dios», tal como hubiera hecho su novio en el supuesto caso de haberse atrevido, y le sonrió. Aquella sonrisa, y aquel descaro, y aquella fuerza en su mirada fueron suficientes para que Marina supiera que Felisa tenía razón en todo lo que le había contado, y abandonara a su Manolo, el de toda la vida, y se pusiera el mundo por montera para disfrutar del amor que siempre había soñado, el que se adivinaba en las novelas por más que en sus páginas nunca hubiera un beso como el que ella acababa de recibir, el de las heroínas que recorrían el mundo en busca de tesoros y acababan encontrando al príncipe azul. Cierto que su carrera fue corta, que no tuvo prácticamente que salir de casa, pero el resultado fue el mismo. Su familia nunca lo aceptó, ni le perdonó la vergüenza que les hizo pasar por romper el compromiso tan poco tiempo antes de la boda. «Pero ¿qué te ha hecho Manolo para que le destroces la vida así?», le preguntaban. Ella no tenía nada que decir: en verdad no le había hecho nada, pero ¿cómo podía explicar por qué nunca había sido capaz de amarle, y en cambio, se había enamorado de Enrique aún sin saber nada de él? Bajaba la mirada. Callaba. No tenía nada que decir. Con Manolo había pasado lo mismo. «¿Por qué me dejas?» «Porque no estoy enamorada de ti.» «Pero ¿me sigues queriendo?» «Quererte sí que te quiero. Lo siento en el alma, Manolo, pero no estoy enamorada de ti.» «¿Y qué tiene eso que ver?» No pudo contestar a ninguna de sus preguntas, ni supo consolar sus lamentos. No me dejes por favor te lo pido, qué he hecho mal, es que no te he respetado lo suficiente, ya no me quieres, nunca me has querido, qué puedo hacer para arreglarlo, qué tiene él que yo no tenga, ay, Marina, que me destrozas la vida, que me rompes el corazón, que nadie va a quererte como te quiero yo, ni siquiera él, él menos que nadie, Marina, no me hagas esto, dime qué quieres que haga y lo haré, dímelo, Marina, pero no me dejes. Le dijo cosas que no había sido capaz de decirle en todos los años que estuvo a su lado, le contó cómo se había enamorado de ella, le habló del día, de la hora, del minuto y del segundo en que la vio por primera vez. «Tú ya ni te acordarás, pero yo sí.» A ella le dio lo mismo. Ya estaba cansada de oírle. Le explicó cuánto la añoraba cada minuto que no estaba con ella, cómo la soñaba, cómo su imagen le servía de sostén cuando creía que la vida le pesaba demasiado. Marina, que nunca había sospechado que la vida pudiera pesarle a Manolo, tampoco pudo calibrar la desesperación de Manolo. Le dejó, dispuesta a no verle más, a no volver a pisar los ladrillos negros veteados de blanco del piso de Salamanca ni si quiera para recoger el ajuar entero que había ido llevando allí para después de la boda. «Quédatelo todo, yo no quiero nada», le dijo a Manolo. «Lo único que yo quiero es que vivamos los dos juntos allí.» Marina siguió en obstinado silencio. «Algún día te quedarás sola, y yo seré el único que estará a tu lado… y entonces volverás conmigo, ya lo verás, porque soy el único que te va a querer siempre.» «Eso no va a pasar, nunca jamás en la vida.» Fue lo último que salió de su boca. Después, le olvidó para siempre porque sólo tenía cabeza para Enrique, para escucharle, embelesada, para hacer un curso intensivo de cómo era el hombre de su vida: no soportaba que le llevasen la contraria, que le reprochasen si entraba o salía, si iba o venía, si gastaba con juicio o si derrochaba el dinero, pero era alegre, amable, trabajador, decidido, audaz, generoso, jaranero. Antes de que se casaran, le dijeron que mientras ella buscaba piso a toda prisa, a él le habían visto tomando una horchata con una rubia con muy mala pinta. «¿Y qué tiene eso de malo?», se defendió ella. También le contaron que tuvo una querida a la que le puso una casa pero con la que nunca se quiso casar, que tenía asuntos pendientes con la policía, que se perdía días enteros por el barrio Chino, que una vez le habían visto comprar ungüento para las ladillas, que esa frescura que tanto le gustaba sería lo que al final la haría sufrir. A ella le dio igual y se casó en la primera fecha libre que tenían en la iglesia, sin esperar a la noche de bodas para consumar el matrimonio, que bastante consumidos estaban ya los dos, cada uno por su lado. Antes, Enrique le hizo una promesa y una confesión: si se casaba con él, no podría tener hijos a causa de unas paperas que le dejaron estéril.

—Mejor —mintió Marina, que ya intuía que su amor se construiría a base de renuncias—. Así disfrutaremos más los dos solitos.

—A veces no puedo evitar estar con otras mujeres, tengo que decírtelo para que después no te pille de sorpresa.

—…

—Los hombres somos así —se justificó.

—Pues Manolo no era así.

—Pues yo sí. Yo he sido así toda la vida y aunque quiera, seguramente no voy a cambiar. Si no te gusta… —la miró con dureza, como si ella tuviera la culpa—. Todavía estás a tiempo de volverte con el soso de tu Manolo.

—…

Marina estaba a punto de echarse a llorar. Enrique se enterneció.

—Pero te prometo que te voy a querer toda la vida igual que te quiero ahora.

Ella, que en el fondo sospechaba que el raro ahí era Manolo y que agradeció la sinceridad de Enrique, terminó dando por bueno el trato.

—Bueno… si de verdad vas a quererme toda la vida…

—Toda la vida, sí.

Enrique cumplió su palabra: siempre la amó como el primer día, y nunca le fue fiel. La engañó siempre que tuvo ocasión, y ella lo sabía porque cada vez que le ponía los cuernos regresaba a casa con los ojos huidizos y algún regalo con el que trataba de disimular su traición y con el que conseguía siempre el efecto contrario. Más que enfadarse Marina se entristecía, porque no podía comprender aquel afán de su marido por estar con otras que no podrían darle más de lo que ella le daba. Pasaba varios días en huelga de belleza, no se pintaba, no se arreglaba, se paseaba en bata por la casa y se negaba a dormir con Enrique, hasta que no podía evitar comprender que le amaba, que le amaba como se ha de amar: de verdad. Le conocía, sabía cómo era. Sólo le era infiel pero su lealtad llegaba intacta a casa, junto a él, por mucho que se hubiera revolcado con otras en otras camas. Por eso se lo perdonaba todo, todo lo borraba. O mejor dicho, sólo borraba lo malo. Los buenos recuerdos, esas vacaciones en Mallorca, aquel aniversario que le regaló un diamante, las noches sin dormir, a veces por la pasión y otras porque no podían dejar de hablar, las risas, las bromas, las promesas cumplidas, las que se habían quedado por cumplir, aportar una niña, mudarse de piso, rescatar a un perro de la perrera, viajar a París. Los guardaba con celo, los buenos recuerdos. Los acariciaba, los desempolvaba de la miseria del olvido para que se mantuvieran tan frescos como si aún fueran presentes y el bigote de Enrique siguiera siendo igual de bruno y no estuviera lleno de canas, o como si el cigarro que se le descolgaba de los labios fuera negro y no una pipa mentolada. Como si ella luciera la misma cintura, y el mismo culo apretado, como si le cupiesen las bragas de entonces y los sujetadores de pezones puntiagudos la convirtieran en una estrella de cine, de cine del bueno, del de antes. Porque así era mientras ella lo recordase y se lo recordase a él. Por eso, cuando comenzó a olvidar los detalles, los colores, los sabores, su historia de amor se les escurrió entre los dedos y se hizo añicos contra el suelo. Primero, fueron pequeños descuidos. Olvidos sin importancia, no sé dónde he dejado las llaves, fíjate qué tonta, he puesto el Colacao en la cafetera, azúcar en la sopa, la fanta en la lavadora. Tantos. Eran tantos que dejaron de hacer gracia. Un día, se presentó en la carnicería vestida con el camisón de franela de las noches de invierno y cuando quiso volver a casa no dio con el camino. Otro, acudió a la comisaría para denunciar la desaparición de su marido, que a esas mismas horas estaba tan campante viendo un partido del Barça por televisión y poniéndose morado de cerveza y gusanitos con sabor a queso. Marina se fue y no regresó. A ver: estaba su cuerpo, cada vez más pequeño, como si encogiese, y estaba su piel aceitunada, verdina como decía ella, y estaban sus arrugas debajo de los ojos, esas que tanto la enorgullecían, «tengo arrugas porque he vivido», decía siempre, y estaban sus labios engañosos, abombados hacia abajo, que parecían los de una persona melancólica y no los de la mujer alegre que fue, siempre con la risa a punto de estallar. Estaba, pero ya no estaba. Enrique se martirizaba. Si hubiera estado más pendiente de ella, si hubiera jugado más a las cartas con ella para obligarla a hacer memoria, si la hubiera llevado al médico el primer día que algo falló, si hubiera... quizá se habría dado cuenta de cuánto bajaba de peso, de cómo confundía las palabras que se le enredaban en la boca, de las veces que se desorientaba dentro de la misma casa en la que había vivido casi cincuenta años.

Marina dejó de recordar el nombre de su marido; a veces, lo confundía con su padre y otras, con el hijo que nunca había llegado a tener y Enrique se encerraba en el cuarto de baño, para llorar como un crío por las perrerías que le había hecho, por no haber sabido amarla como merecía, por no haber sido capaz de darle mejores recuerdos aunque el Alzheimer se los hubiera acabado borrando de todas maneras. Mientras pudo, la atendió con mimo en la casa. Buscó a una ecuatoriana para que la cuidase de día y a una rumana para que pasara las noches con ellos. Ni eran enfermeras ni las podía contratar, porque no tenían papeles pero era todo lo que alcanzaba a pagar con lo poco que habían ahorrado y con la pensión de miseria que les había quedado a los dos después de haberse pasado la vida entera trabajando como esclavos. Hacía lo que podía, pero por las noches no era capaz de dormir de puro terror. Y si se cae, y si se escapa, y si incendia la casa, y si me muero. Quién cuidará de ella. Y después de todos sus *ysi*, vino el único que no había previsto: el dinero se les terminó, así que tuvo que pedir ayudas al ayuntamiento para ingresarla en una residencia y terminaron adjudicándole una que estaba tan lejos de su casa que sólo podía ir a visitarla una vez por semana.

Enrique miraba al suelo, y se entretenía observando las zapatillas azules de lona con suela de goma que calzaba Marina. Eran horrorosas, pero al menos la fijaban al suelo, como un ancla. Como un ancla. Se lo repetía en el pensamiento y se imaginaba a su mujer como si fuera un barco a la deriva. A Marina siempre le había dado miedo el mar porque en la luna de miel estuvo a punto de ahogarse en la playa, qué falta le iba a hacer a ella un ancla. Las miraba y las miraba, como hipnotizado, hasta las zapatillas azules le hacían daño y tenía que desviar la vista. Después, volvía a observarla, desde los pies. Las venas se le transparentaban por debajo de las medias, y se le había desgarrado el bajo de la falda, justo donde le habían cosido la etiqueta con sus iniciales y el número de su habitación. M.L. 108. Ay, Marina, qué te ha pasado. Luego, ya no podía seguir mirándola. La cogía de la mano, se la acariciaba con ternura, se apartaba las lágrimas de un manotazo, y le hablaba como si ella pudiera contestarle. Quieres que demos un paseo, quieres que vayamos a la playa, quieres que te compre unos churros, quieres que salgamos al jardín, quieres que volvamos a tu cuarto. Ella clavaba los ojos en él. A veces, se levantaba de la silla y se marchaba buscando a alguien que la quisiera llevar a casa. Otras, parecía que le miraba como si acabase de despertarse y Enrique pensaba que le iba a reconocer, hasta que se rompía el hechizo. «¿Quién es usted? —le preguntaba—. No me toque, que no le conozco.» Y Enrique salía hacia el cuarto de baño con el pretexto de que tenía la próstata a punto de reventar. Lo decía aunque nadie le hubiera preguntado y cuando volvía, traía los ojos enrojecidos.

Al principio, no hablaba con nadie. Pasaba entre la gente taciturno, enfadado, como si nos culpase por ser testigos de su desgracia. No soportaba que Marina se acordase de la enfermera que le traía la merienda, que llamase por su nombre a la perra con la que hacían terapia una vez por semana y que a él le hubiese borrado de su memoria, «*Laia*, bonita, ven conmigo», la llamaba Marina, y cuando no se daba cuenta, Enrique la apartaba de un puntapié. «¿Tienes marido?», le preguntaba a veces, para probarla. «¡Uy, marido! Pero ¿cómo voy a tener marido, hombre de Dios? ¿Es que no ve usted que soy una moza?», le contestaba contrariada Marina. Y vuelta al baño, por la próstata.

Mi padre les observaba cada vez que Enrique venía a verla. Cuando no venía, también. No le quitaba ojo. Sabía lo que había comido, si había pasado buena noche, si caminaba lo suficiente, si le habían cambiado la medicación. No tenía otra cosa que hacer. Eso me decía.

—No se martirice… —le dijo, por fin, una tarde, cuando Enrique volvía del aseo.

—Es que tengo la próstata hecha cisco.

—Lo digo por su mujer.

Enrique le contestó que no, que no se martirizaba, pero al poco tiempo ya estaba llorando su pena sobre el hombro de mi padre. Después, nos buscaba cada vez que venía a ver a Marina, se sentaba con nosotros y trataba de mantener conversaciones imposibles con su mujer. «Mira, Marina, éste es Manuel, ¿le conoces?» Silencio. «Lleva aquí desde este verano, que le dio un ictus y no puede mover las piernas.» Silencio. «Y ésta es su hija, Carmen, que no puede tenerle en casa pero que viene a verle todos los domingos, como yo a ti. Es muy maja, muy buena chica, me voy con ella cuando nos vamos de aquí, me lleva en un coche rojo, como ese que siempre me decías que comprásemos nosotros para irnos a Benidorm, ¿te acuerdas?» Silencio. «Dime, mujer, ¿les conoces?» Silencio. «Me voy al váter… la próstata…» Silencio.

Enrique nos contó su vida: se casó enamorado hasta las trancas, no habían tenido hijos, siempre había querido a su mujer, se preguntaba si ella había sido tan feliz como él. Mi padre le contó la suya: se casó porque no quiso estar solo, tuvo una hija, nunca llegó a querer a su mujer, ninguno de los dos había sido feliz.

—Coño, papá, eso es muy duro.

—Muy duro, sí. Pero es la pura verdad. Me casé con tu madre porque me daba miedo la soledad.

—¿Y mamá lo sabía?

—Claro que lo sabía. Estábamos los dos en lo mismo. Ella tampoco quería estar sola, no quería quedarse soltera. Pensamos que era un buen apaño… Y lo fue, en realidad. Tuvimos una buena vida, una vida tranquila, sin pasión, de acuerdo, pero también sin sobresaltos, sin decepciones, sin disgustos. No nos engañamos. Mucha gente dice que eso es la felicidad… Nunca nos faltó de nada, siempre nos llevamos bien. No pongas esa cara. No todo el mundo tiene la suerte de enamorarse.

—¿Nunca has estado enamorado, entonces? —le preguntó Enrique

—Nunca, no. Una vez me enamoré, cuando era un chaval.

—¿Y qué pasó?

Mi padre se encogió de hombros.

—No resultó. Me dejó por otro.

—Seguro que era un desgraciado y que usted valía mucho más que él. Las mujeres a veces…

—Pues sí.

—Esas cosas pasan.

—Sí, pasan.

Jugaban a las cartas, leían el periódico, veían las corridas de toros que daban por televisión, escuchaban los partidos de fútbol por la radio. Se hicieron amigos. Marina les miraba en silencio. De vez en cuando, se levantaba y buscaba a alguien que la llevase a su casa. Entonces Enrique sentía unas ganas irrefrenables de mear. «¿La próstata?», le preguntaba mi padre. «La próstata…», le contestaba Enrique.

Un día, no apareció. Marina no se dio cuenta. A la semana siguiente, tampoco vino a visitarla. Marina no se dio cuenta. Al tercer domingo, mi padre me pidió que le preguntase a una enfermera. Así supimos que Enrique había muerto, de repente, como se muere la gente a diario, y que Marina, que se había pasado la vida llorándole las ausencias, esta vez no se la podría llorar.

Mi padre la estuvo observando durante mucho rato, en silencio. Observó sus arrugas, sus brazos, la piel pecosa, las venas que se le marcaban por debajo de las medias, la falda descosida por donde se le veían las iniciales y el número de su habitación, las zapatillas azules que la anclaban al suelo. Por fin, le habló.

—Estás más vieja, pero sigues siendo la más guapa de todas —le dijo.

Ella le miró, sin verle.

—¿Me llevará a casa?

—Claro que sí. Te llevaré a casa cuando quieras.

Se levantó y le hizo un gesto con la mano, como metiéndole prisa.

—Pues ahora mismo. Yo quiero irme a casa ahora mismo.

—¿Sabes dónde vives?

—…

—¿Vamos al piso de la calle Salamanca?

—¿Y usted quién es?

—Manolo.

Marina dudó unos segundos.

—¿Manolo?

—Sí, Manolo. Y te llevaré a casa si es lo que quieres.

—Pero ¿tú sabes donde vivo?

—Vives aquí —le dijo—. Ésta es tu casa.

Después, le dijo que le daba igual que no le reconociese ni que no le recordase, que llevaba cincuenta años esperándola, que la había reconocido la primera vez que volvió a verla en la residencia, que no había dejado de quererla ni un solo día desde que la perdió, que siempre supo que la vida le daría una segunda oportunidad, que todavía estaban a tiempo de intentarlo, que él tenía recuerdos suficientes para los dos, que era el único que estaba a su lado cuando se había quedado sola, tal como le había dicho el día que le abandonó.

—Marina… —la llamó

Ella le miró desconcertada.

—¿Quién es Marina?

»¿Yoooo? Está usted mal de la cabeza. Yo no me llamo Marina. Y déjeme en paz, que si mi marido me ve hablando con usted, se va a armar la gorda, que Enrique es muy celoso.

—Enrique está muerto.

—Eso es mentira.

—Está muerto.

—Que eso es mentira, le digo. Está trabajando. —Marina titubeó, como si estuviera a punto de creerle. Luego respiró hondo y continuó hablando—. Enrique… está trabajando, y cuando venga nos iremos a París. Ya tengo las maletas hechas, así que déjeme en paz y váyase a molestar a otra, viejo descarado.

Mi padre guardó silencio unos instantes y después comenzó a mover la silla de ruedas hacia el lavabo. «La próstata…», le dijo a quien quisiera escucharle, y cuando volvió la vista atrás para buscar al amor de su vida, se encontró con la historia de una mujer que amó demasiado y pareció morir de puro olvido, como está escrito que deben ser las buenas historias de amor.

NURIA AMAT

La loca que hay en mí

Nuria Amat (Barcelona, 1950) es narradora, poeta y ensayista. Entre sus novelas figuran *Pan de boda, Todos somos Kafka, La intimidad, El país del alma*, finalista del Premio Rómulo Gallegos 2001, y *Reina de América*; entre sus libros de relatos destacan *El ladrón de libros* y *Amor breve*, y entre sus ensayos, *El libro mudo, Letra herida* y *Juan Rulfo. El arte del silencio.*

1

Se diría que lleva una vida normal pero sus ojos no descansan ni un segundo, ni para dormir tampoco. Nada de lo que sucede en la calle debe escapar de su radio de visión. La calle es una amenaza en sí misma, poblada de sujetos brutales dispuestos a hacerle daño y, seguramente, asesinarla. Sólo oye sombras en silencio. La violencia del enemigo le ha encanecido el cabello. El cerrojo de la puerta está forzado y roto. Para resguardarse del miedo, se sienta junto a la ventana, cuidando mantener el porticón medio cerrado no fuera alguien a descubrirla espiando. ¿Qué hace con la información? Matar el tiempo. Olvidarla.

A horas imprevistas, sale a la calle. Compra algo de comida, cuatro patatas escasas, una coliflor y el periódico del día. Varios tipos de periódicos. No los lee. Hace una pila con ellos y se dedica a meterlos en bolsas de basura que amontona en el patio de la casa. Desde arriba, yo veo una montaña de color azul cobalto cada vez más alta. No voy a imaginar que quiere subirse por ella y alcanzar mi almohada.

Vive sola. En el barrio han empezado a contar historias raras sobre su vida. Que si de joven estuvo viviendo en Ibiza, cuando los tiempos de los primeros hipies. Que si las drogas. Que si la muerte del marido. Que si había tenido como amante un cantautor de la «trova catalana». Que si sus sueños estrafalarios de ser actriz le dejaron un regusto a solterona fracasada. Que si blanco, que si negro. Nunca recibe visitas. No habla por teléfono. Entre la vida y su mundo hay un muro de sombras inhumanas. Ni se le ocurre que podría derribarlo. ¿Qué haría en el otro lado? Y con esta cara de susto permanente, blanca y encerada.

Si escribiera versos, como alguien asegura que, en otro tiempo, hacía en sus ratos libres, y supiese el modo de desahogar sus penas y tristezas, tal vez su vida sería más fácil de sobrellevar. Su soledad no consigue reflejarse en los dos libros de poemas que aún guarda en el estante perdido. Leer es aprender a equivocarse. Ella es una batalladora. Se basta a sí misma.

2

La única verdad que ha podido probarse sobre su vida tuvo lugar hace unos meses cuando salió desnuda de su casa y caminó calle arriba con el bolso de mano colgado de su brazo. Imaginando, tal vez, una agradable caminata por la playa.

¿Adónde irá con esa pinta?, se preguntaban transeúntes, vecinos y mujeres ociosas que, alertadas por la noticia, salieron corriendo a la calle para verla. ¿Qué hace una vieja sin vestido? Y, además, con este frío. ¿En qué estará pensando? Pero ella no pensaba en nada. Tal vez se sintiera libre. Se levantó el viento y volaron sus cabellos por un rato. Hasta que dobló la esquina.

Los de la calle miran atentos sin nadie que se atreva a detener a la mujer que camina en dirección a la Plaza Mayor, desnuda como Dios la trajo al mundo.

No estamos en la playa, grita alguien. Pero ella ni caso. Sigue muy digna su camino.

Una vecina le manda un saludo. Luego, ríe a sus espaldas. La dependienta del supermercado aparece con un abrigo en los brazos decidida a aprovechar la menor ocasión de arrojarlo encima de la pobre mujer. Ella no ve el saludo ni la burla. También hace caso omiso de la intención de la dependienta. Aprieta el bolso sobre su pecho. En el lugar de la boca, tiene una cicatriz. La soledad deja marcas de por vida. Sigue su camino inmóvil, sin fijarse en otra cosa que no sea su andar cansino y fastidiado.

Es una mujer que no busca llamar la atención. Si no fuesen las doce del mediodía pasadas, se diría que va sonámbula. Mira sin ver. Camina con una idea fija en la cabeza y va a cumplirla.

Al llegar a la plaza de la iglesia, tuerce a la derecha y se detiene frente a la churrería de la esquina. Ha conseguido ser la única persona que el churrero tiene delante del mostrador. El resto de los clientes ha desaparecido como por encantamiento. Permanecen a varios metros de ella, observando su silencio. A la espera atenta de una segunda conmoción. Cualquier palabra puede ser peligrosa. Un eclipse de sol, en esta hora punta del otoño, no hubiera causado tanta agitación en la calle como el paseo trágico de la mujer desnuda.

La ven levantar los brazos sobre el mostrador, como pidiendo permiso. Le reclama al churrero una bolsa de churros de tamaño grande, y que sean calientes, por favor. Ni se le ocurre pensar en lo que estarán diciendo de ella los mirones, alguien dijo que lo que no es posible comprender no se siente. Y ella, ni tan sólo siente el frío.

Pregunta cuánto sube lo que debe, abre su monedero y paga la cuenta. Calcula las monedas con parsimonia. El churrero no sabe qué hacer con las palabras. Decide actuar sin hablar. Ni demasiado fraternal ni distante en exceso, no vaya a desconcertar a la mujer desnuda. Acepta el dinero. Le da el cambio y saluda a la mujer que dice gracias, buenos días.

Aprieta la bolsa de churros caliente contra su pecho y toma el camino de regreso a casa. La misma calle por donde ha venido.

Va tan seria y tan puesta que la gente tiene que pensarlo dos veces antes de comentar que la mujer tiene perdida la cabeza o es una desconsiderada. Ella saluda a alguien del quiosco. Lo hace de lado, mientras sigue su camino. Algunos no se atreven ni a mirarla. La mujer del estanco, por ejemplo, escandalizada, se ha tapado la cara con las manos. Todos mantienen los ojos bien abiertos aunque simulen desviarlos hacia otro lado por temor a ser confundidos como actores del escándalo. No logran entender el motivo de la chifladura. Por que está loca murmuran entre dientes. Desde ese día, empiezan a llamar a la mujer «la loca de la churrería». «La vieja chiflada.»

3

Muchos esperan que la loca vuelva a aparecer desnuda por la calle. Los comerciantes saldrán afuera y robarán algunos minutos al tedio del oficio. Pero se equivocan. En sus siguientes salidas, lo hará vestida aunque sus ojos seguirán perdidos en una neblina transparente. Ya no saluda a nadie. Tiene miedo de morir y de vivir. Desconfía de todo el mundo. Cree que todo el barrio está de malas contra ella, de ahí que siga fabricando armas secretas con sus papeles de periódico. Considera que sus vecinos de escalera son sus enemigos más peligrosos. Van a por ella. A echarla de la casa. A matarla, tal vez. Así que los vencerá en el primer asalto. Tiene la artillería formada. Todo preparado. Piensa atacarlos con clavos, cristales y martillos.

4

Miro a la mujer. ¿De donde vendrá su conducta agresiva y oscura? Me hago esta pregunta cuando me cruzo con ella en la oscuridad del primer rellano. Consigue asustarme. Vive justo en el apartamento que hay debajo del mío, de tal modo que cuando yo subo o bajo de mi casa tengo que pasar por delante de la puerta de «la loca». Cualquiera que sea la hora, ella me está esperando. Quiere asustarme. Quiere que me vaya. ¿Cómo conseguirlo? Muy sencillo. Haciéndose la desequilibrada. ¿O acaso está loca y se hace la dormida? Aparenta setenta años, o tal vez menos. Cuando pongo el pie en su rellano, abre su puerta de forma violenta y se queda impávida como estatua. Me mira fijamente. Ni siquiera logra mover los párpados. Como la escalera es muy oscura, sin ascensor que me permita dar un rodeo, tengo la impresión de que en una de estas apariciones acabará saltando encima de mí. Yo debería decir algo. Pero no me atrevo. Apresuro el paso, salto los escalones de dos en dos, siempre hacia delante.

5

Cada vez que subo o bajo de mi casa, ella me está esperando delante de su puerta abierta. No es curiosidad lo que la mueve a perturbar mi vida sino rabia por ser yo quien soy. Al volverme de pronto la veo alzando la vista a mis pupilas. Me odia. Le repugno. Tiene miedo a morir sin haberme dicho aún una palabra.

¿Y yo qué soy, al fin de todo?

6

En su aparición de esta mañana no he podido dominar el miedo y perdí el equilibrio. Tropecé con la alfombrilla de su puerta y casi estuve a punto de caer en el descansillo, bajo sus ojos retadores. Luego, me he escurrido hacia el hueco de la escalera como si nada hubiera sucedido. Un fantasma es un fantasma. Pero, antes o después, habrá que subir a casa y volver a sentirme atrapada por la sospecha colmada de sonidos. Debería decirle alguna palabra agradable a la mujer. Preguntarle si quiere algo. ¿O, por qué me vigila como un guardia?

No me decido. Algo me dice que prefiere que me calle.

7

Los locos son mis personajes favoritos. Leo sus novelas. Los veo salirse de sus páginas. Me pregunto por qué tendrán la piel apagada y cetrina de los muertos.

Hay locos que prefiguran los destinos adversos de la humanidad. Son profetas de nuestras biografías. Nadie pierde de vista el perfil de un loco. Con esto está dicho todo.

8

Ahora la loca ha empezado a desparramar su material de guerra. Lo extiende en el suelo de la escalera y de la portería del edificio. Ha creado un escenario de tortura para sus vecinos. A primera vista, no se aprecia pero nada más entrar en casa, chocamos con una alfombra de cristales rotos esparcidos por el suelo. Cuando los descubres a tus pies, producen escalofríos. La loca tiene la sensatez de ordenar vidrios y clavos como si fueran países y continentes de un mapa geográfico.

Su marido murió sin saber que estaba loca.

Quién dice si su locura no ha comenzado con mi llegada al edificio.

La muy lista, antes de colocar su artillería, toma la

precaución de romper todas las bombillas de la escalera. Lo hace ex profeso, para que cuando entremos
en la casa, la oscuridad completa nos haga tropezar,
caer al suelo y lastimarnos. Por ese orden. Ella, con la
mano agarrada al picaporte de la puerta, espera el de-
sastre. Y las heridas.

9

A menudo, la imagino subiendo al terrado del
edificio, presa de un vértigo que la lleva a apartarse
de la vida, y la lanza al vacío.

Entonces, yo podría vivir tranquila.

Mi madre, sin ir más lejos, calzaba sus zapatos bajos y sus mismas cejas marchitas.

No sé por qué razón, la muerte de alguien querido me hace suponer que he sido, de algún modo,
partícipe de ella. Yo, que lo escribo todo, hasta lo que
no escribo.

10

Peor que las funestas trampas colocadas de forma
estratégica es la negritud completa con la que me re-

cibe cada día. Miro a izquierda y derecha, adelante y atrás, por si aparece ella. Y, en efecto, el espectro se deja ver. ¿Quién se atreve, entonces, a pasar frente a la furia de la loca? Varias veces me he ido de la casa para buscar ayuda y no entrar sola.

Mi único deseo en la vida consiste en no encontrarme con la loca de la escalera. La seguridad de que cada día puede repetirse el mismo espanto me aturde al punto de que cuando ya casi he alcanzado la puerta de la calle debo regresar a casa para tranquilizarme con la impresión de que el tiempo, por esta vez, al menos, ha volado a favor mío.

Si tengo la suerte de encontrar alguien que me acompañe, subimos entonces, con una caja de fósforos que vamos encendiendo de tal manera que siempre haya un resquicio de luz sobre el atlas homicida.

Una vez arriba, respiramos.

11

Cada semana, el administrador de la finca manda a algún electricista a recomponer las luces de la escalera pero la loca, obsesiva como es, vuelve a romperlas y a inundar los peldaños con un sinfín de vidrios rotos.

Por lo que a mí concierne, subo y bajo la escalera en cosa de segundos.

Yo estoy ahí como una nube blanca.

Todavía no he caído.

12

En mi calendario los días no cuentan. Lo único importante es no hacerme la encontradiza con la loca. Deberían encerrarla. Es lo que pensamos todos los vecinos. Los pocos que quedamos en la casa. La loca y yo solas, a estas alturas del proceso de desaparición. Viento. Silencio. Un automóvil se detiene en plena calle. Me pregunto si no será ella también otra aspirante a suicida.

13

El administrador de la finca ordena que no se la moleste demasiado, por si acaso.

14

A veces me siento junto a la ventana, a esperar que la loca se acueste en su cama, tenga la suerte de dormir un poco y pueda yo salir de casa. He cambiado mi horario. Salgo de noche y duermo de día. Como hacen búhos, ratones y algunas prostitutas. ¿Para ir adónde? Se preguntan también algunos vecinos de la calle, como el peluquero, siempre alerta de lo que sucede arriba. ¿Qué hará a estas horas? ¿Ejercicios nocturnos de locura? Pero ya no queda nadie en casa que pueda venir en mi socorro.

Mi vida es como si me atormentaran con ella.

15

Pienso: por simple regla de tres, ella tendrá que morir antes que yo. Lo que me parece el colmo del acto de pensar, desear la muerte de alguien que apenas te importa para que la vida recupere su sentido.

Admito que la idea de matarme también me ha pasado por la cabeza. Algo inverosímil, por otra parte. Por eso me permito pensarlo.

16

Es sábado y llaman a la puerta. Leo un libro. Suena algo de piano en el patio de manzana. Abro sin reflexionar. Debería haber inspeccionado a través de la mirilla, antes de abrir la puerta, pero hace calor y el día es transparente, de esos atardeceres de verano en los que la ropa sobra y el cuerpo se enaltece. Allí está ella con su mirada clavada sobre mí. Viste una bata a cuadros blancos y verdes. Mantiene la boca cerrada, apretada como un torniquete, como si le hubieran dado un puñetazo. Guarda un silencio demudado, de esos silencios ridículos que doblan a muerte o a castigo. Es obvio su deseo de matarme. Su respiración pierde la armonía.

¿Por qué me odia?

¿No estará pensando que yo soy la asesina? ¿Yo, la loca?

Por si acaso, también callo. No vayan las palabras a descubrirle nuevos enemigos.

Avanza unos pasos en dirección a mí. El rostro demacrado.

No está sola. Va con ella un montón de bolsas azules que, sin mediar palabra, lanza de golpe una tras otra, como si fueran bombas.

Ha contaminado mi casa con su histeria.

A duras penas, consigo cerrar la puerta y dejarla afuera.

¿O acaso se ha escurrido dentro como un gato?

17

Hace mucho tiempo que no vivo.

El edificio sigue vacío. Empiezo a tener conciencia de mi propia respiración. Me duele pensar. Mi pensamiento golpea y truena como si de un corazón externo se tratara. Se me ocurre cambiar de idioma pero qué sentido tiene hablar en lengua extraña si tampoco hablo con nadie. La loca ha cortado todos los contactos con el exterior. Como si no pisara suelo sino cielo, se queda vigilando las alturas. Pájaro de alas desplegadas y a punto de levantar el vuelo. Aguilucho siniestro que sobrevuela mi cabeza. Me arde la cara. Un brazo levantado podría asustarla. O tal vez no. Me limito a cerrar mi puerta en sus narices.

He encontrado restos de cabellos de la loca en el cuarto de baño. Que yo sepa, no vivimos juntas aunque las paredes de la casa de tan endebles apenas sirven para ocultar los sentimientos. El peluquero de la esquina dice que van a llevársela a un centro de rehabilitación para personas de comportamiento estrafalario o demente. Insiste en querer cortarme el pelo. Digo que no. Que no me confundan. Intento sonreír. No vayan a llevarme con ella, mañana mismo o, a más tardar, el viernes, como ha dicho el peluquero. Que no me preocupe, pronto estaré tranquila.

18

Por ejemplo, esta tarde he escrito un verso:

Estoy desnuda,
sin nada que ponerme,
con desgana de cama,
mi flor blanca se congela
sin tus besos.

Tengo frío,
pienso en la nieve abrasada
por el tiempo,
y tus labios
de cuchillo veloz,
secos, ahora, por el fuego.

19

Cada peldaño se convierte en una victoria ganada al peluquero. Me siento triste. Cultivo mi tristeza.
Venas que se hinchan como riachuelos. Al fin y al
cabo, mi tristeza no es cosa de otro mundo. Tiene
más relación con lo que he sido que con lo que ya
nunca podré tener ni disfrutar. A veces, me sucede

que cuando me desnudo tengo la impresión de andar vestida. Y al contrario, también, debe ocurrir, que cuando estoy vestida pensaré que estoy desnuda y vulnerable a la agonía del mundo.

20

Tal y como presentía, ha sucedido en viernes. Lo he visto yo misma con mis propios ojos. He visto cómo la loca salía del portal y dos mujeres se la llevaban en volandas. Para mi asombro, no ha protestado. Nadie sabe lo que hace ni lo que hacen con uno. Somos secretos del destino. Tampoco ha gritado. Lo que me escama sobremanera, ya que el simple acto de protesta es la prueba de que no se ha atravesado ningún infierno.

Haber sido liberada de la loca debería darme una seguridad que todavía estoy lejos de sentir. Me levanto de la silla y escucho. No se oye ningún otro sonido salvo el de pasos ajenos de la calle insegura. Bajo yo misma al portal para verificar si entraron visitas extrañas en el edificio o bien se oculta algún ladrón que aprovecha la oscuridad para cometer su fechoría. Algo ha crecido alrededor mío. La casa es más grande. Y las palomas apenas distinguen la azotea, donde anidan, del interior intachable de mi cuarto. Golpean el cristal de mi ventana mientras buscan con sus ojos demoníacos la mirada de la vecina loca. Cuando no son las palomas son los ojos vidriosos de la loca los que me persiguen. Yo grito. Ella grita. Busco en la pared y la veo espiar por mi ventana. Sé que son imaginaciones mías. Mi pensamiento es la única planta de mi dormitorio que me permito regar a diario. Camino despacio. Ni una sola vez veo en el espejo mi imagen verdadera. La soledad es una suerte de liberación que conduce más rápidamente al hundimiento. Poco a poco voy perdiendo mis cabellos. Es cosa de los nervios, ha dicho el peluquero. Debería salir un poco. Airearse. Ir al cine.

Un alivio para mí sería poder llegar hasta la churrería de la plaza y comprar una bolsa de churros calientes.

21

La trajeron esta tarde. Ha venido con una perrita alemana que ladra todo el tiempo. Desde que ha regresado parece menos loca. Ha querido poner flores en los tiestos de su balcón y un pájaro amarillo que canta todo el tiempo dentro de su jaula.

Los ruidos de la calle han invadido progresivamente la casa. Mi vida se ha convertido en un eterno estar en la ventana. Que si entra. Que si sube.

Me tienta su misterio. Si se quedase encerrada para siempre…

La mujer del peluquero viene a menudo a visitarla y hablan en un idioma incomprensible para mí. Murmuran a espaldas mías. Oigo sus cuchicheos a través de la pared. De tan frágil apenas siento que exista. Que si la loca vecina del tercero. Que si ha vuelto a romper las bombillas de las lámparas. Que si salgo a la calle desnuda y con un cepillo de pelo en la mano. Quieren volverme loca. Por eso hablan y hablan todo el tiempo. Se extienden en miles de lenguas y sonidos. Lo que ellas quieren es matarme. Encuentro cabellos sospechosos en el cuarto de baño. Llevo una semana amontonando bolsas azules en el rincón del patio. Son bombas de ataque y de defensa.

22

Mi palabra favorita es silencio.
Hace tiempo que no pienso.

Acabo de oír pasos sospechosos en mi rellano. No saben, entonces, que estoy dentro. A la espera del ataque. Lanzo meteoritos sin dejar huellas.

Algunas tardes yo misma me sorprendo existiendo. Voy a abrir la puerta para enfrentarme al miedo.

ÍNDICE